ソーメンと世界遺産

ナマコのからえばり

椎名　誠

集英社文庫

ソーメンと世界遺産　目次

1 毎日が緊急危機対策

2 悲喜こもごもの狼狽月

3 面白い筏の実験漂流記

4

アリさんには明日がないけど

5

ソーメンと世界遺産

目次・扉デザイン／タカハシデザイン室
扉イラスト／山﨑杉夫

ソーメンと世界遺産

ナマコのからえばり

1 毎日が緊急危機対策

やつあたり

携帯電話の具合がおかしくなってきた。もう五、六年使っているのだからしょうがないんだろう。まだ通話はできるのだが、バッテリーのパワーがすぐなくなってしまう。丸一日保たないのだ。これはバッテリーそのものの蓄電機能が弱まっているのだろうと思ったのでしかるべきショップに行ったわけだ。

おれ、ああいうところ嫌いなんだよね。カウンターに座ると独特のイントネーション（たぶん特訓したマニュアル言葉）でおれには九五パーセントぐらい理解不能のコトを早口でずらずらっと言う。あんちゃんもねえちゃんも喋る機械みたい。あんたらアンドロイドか。それにしては顔面の筋肉などよくできている。目尻の小皺もよく動くし。

「くわしくはわかりませんが、我思うに、通話機能は壊れていないようなので、バッテリーだけ換えればいいんじゃないかと思うんですが」などとおれは申し述べる。

「ベラベラベラベラ」

おねえさんがすぐさま理解不能のことを言う。だからいやなんだ。わが事務所のスタッフにこのカウンターに行ってもらいたかったのだけれど、携帯電話は代理のヒトだとたとえば買い換えなどになると本人でないと何かと手続きが面倒なんだってねえ。

「だからバッテリー交換だけお願いします」

「ベラベラベラ」

相変わらずおねえさんはヒンディ語とスワヒリ語とインデカンデラ語を交互に言う。

おれはバッテリーをとり出して、

「コレ、セイムね、チェンジね、我願望緊急、ヤ・ハチュー、急ぎまんねん、イクサ近いし、皆心配、ドンドコドンドコ」

各国語総動員し太鼓まで叩(たた)いてとにかくお願いした。

「ベラベラベラ」

わかったのかわからないのかおねえさんの態度は変わらない。

根比べになってきた。やがて原住民であるおれが理解できたのは、
①おれの持っている携帯電話はもうとうに製造打ち切りである。
②最近の同様の機種にはもっとすぐれた機能がいっぱいある。
③その機能とはベラベラベラベラベラベラベラベラのベラである。

ベラベラベラを言っているあいだに沢山の商品見本が並べられた。みんなおれの使っていたのとくらべるともの凄く薄く厚さは半分ぐらいしかない。ボタンなんかもいっぱいあって、そういうものは使いこなすのに十年ぐらいかかるから、おれはとりあえずいまの機種のバッテリーだけ換えてもらえばこんなに嬉しいことはなく、そうしていただければこれからも末永くこのショップを愛用し続けるでしょう、とお願いした。

心をこめてお願いしたので、ようやく店のおねえさんにも通じたらしく、しばらく奥へ引っ込んだが、やがて出てきてベラベラ語法でいうには、そのバッテリーはもう相当に古いのでスペアのバッテリーもありません、という。中国語でいえば「メイヨー」、ロシア語でいえば「ニエット」、パラモッシュ語でいえば「イッハ、テルメルカノン」だ。

「似たような機種のバッテリーをくっつけるなんていうのはできないんでしょうか」

おねえさんは「誰か受け付け代わってくんない」というような顔をして首を振った。バッテリー交換交渉はこれでおわり、という空気が濃厚に流れ、あとはおねえさんのいうベラベラベラの新機種に買い換える、という選択肢しかないようであった。

そうなったらテキの思うツボである。そもそも携帯電話会社はなんでそうひっきりなしに新機種をつくり出すのか。いったん作った機種は自信の機種であったのだろうから、責任をもってその機種を売り続けるのが正しい企業姿勢というものではないのか。

――などと言ったって、電話会社はそんなこと承知のうえで、売り上げ増大のためにどんどんモデルチェンジしていく、というのが昔からのやりかただ。

これが欧米との大きな違いだ。アメリカなんかかなりコンサバで何にしても「できるだけ安く簡単に、壊れたら修理、新しいものが必要になったら古いのは人にあげる」というのが消費生活の基本である。企業のいいなりにならない。だからバスだって地下鉄だってタクシーだって、むかしからのシステムをなかなか変えようとしない。

日本のようにチマチマしたハイテク道具を常に新しく換えていくよりも「生活していく意識を変えない、機械などによって変えさせない」というほうがカッコいいと思うんだ。

新機能、多機能、というのがおれは大嫌いだ（よくわからないから――という意見もあるが、まあそうだけどよ）。

ここで話の方向少し変わるけれど、それでも、そうしたいかにも日本的なハイテク機器をつい最近おれは買ってしまった。

ピックアップトラックに前方録画カメラをつけたのだ。これはあるきわどい事件があって、道路を走るとき常に前方を撮影しているとなにかのときの証拠になるから、という身を守るための必要判断があったからだ。

問題は、このカメラが前方をおとなしく撮影しているだけじゃなく、いろいろ喋る。そこに警察のNシステムがありますとかHシステムがありますとかね。そういうのを聞いてもわしらどうしたらいいのかわからないんだがね。

で、こいつが、クルマが走りだすと五分ぐらいして第一声は必ず「そくいしました」というのである。なんだかわからないけどいつもそう言う。

「そくい」……「即位」。

天皇のことを言っているのだろうか。しかしこいつはなんで毎日天皇即位を最初に語るのだろうか。お前は右翼か。

あるとき助手席に乗せた友人がやはり疑問に思ったらしい。

「そくい？　天皇即位ですかね。なんでそんなことを言うんだろう」

そいつはおれより数段賢いやつで「あっそうか。GPSがついているから、これは計測の『測』に位置の『位』なんだ」と、膝を叩いた。なるほど。それならわかる。

しかしそのときおれは思った。この装置を作った先端機械製作会社よ。「そくい」なんて言われてどのくらいの人がその意味を理解するのだろうか。通常の生活で使わない言葉だぜ。

「位置を確認しました」ではいけないんだろうか。取扱説明書などに用語解説が書いてあるのかもしれないが、そんなもの誰も読まんもんね。どうしてやつらは自分らの専門用語みたいなのをそのままユーザーに使うのだろうか。「これじゃわかりにくいだろうな」と疑問に思わないのだろうか。

選挙戦「みずから」問題

選挙が終わり、今週からいくらか静かになったけれど、街は続いてすぐにクリスマスだ年末商戦だと、騒がしくて煩い日々が続いておりますなあ。選挙戦のあいだモノカキ業界特有の「年末進行」というやつで、いろんな締め切りがどんどん前のほうに圧縮されてくるから、とにかく毎日原稿を書いていた。あと一枚、あと一枚。

そうすると選挙宣伝カーがスピーカーのでっかい声で、よろしくお願いします、あともう一歩であります。あともう一歩。あと一歩あと一歩、と煽ってくる。

あと一枚。あと一枚。

こっちはあと五十枚もあるんだぜえ。

ある日候補者が自転車に乗って回ってきた。

「○○○でございます。わたくしいま宣伝カーの後ろから自転車をこいでおります。みずから自転車をこいで走っております」

と連呼していた。

ずっと自転車をこいでいる、ということだけ連呼している。政策を語るわけでもなく、ただ自転車に乗って走っている、ということをつまり叫び続けているのである。

????

あれは、つまり何を言いたいのだろうか。お茶を飲みながらわがツレアイとそういうことについてしばらく話をしていた。わが選挙区ではわりあい著名な候補者である。しかし今回の戦局はかなり厳しいようだ。

「あれは自分が自転車に乗れるんだぜ、ということを自慢しているんだろうな」

「まあ、それもあるでしょうね」

ツレアイはノリがいい。

「でも、自転車に乗れるくらいで普通マイクの大声でそれを叫ばないだろ。あんなに続けて叫ばないだろ。だからなんなんだってことになるからな」

「我が家のヨメなんか自転車の前と後ろに子供を乗せて毎朝幼稚園に行ってるけど、黙って行ってるわよ」

我が家のヨメとはうちのヨメだ。

「うちのヨメは小柄だから親父(おやじ)が一人で自転車を走らせるよりよほど力いるもんな。子供二人乗せてるのに。でも自慢しないよな」

「わたくし今朝も二人の子供を自転車に乗せてみずからペダルをこいで幼稚園に向かっ

ています！」

「そんなこと叫ばず、子供らと唄なんかうたって走っていくぞ」

「ポイントはやっぱり〝みずから〟なのよね」

「わしはこんなに偉い議員なのに、みずから自転車に乗って選挙区を走っているんだ。みずからペダルこいでんだかんな。そこんとこよーく見ろよ。よーく考えろよ」

「まず、それが言いたいんでしょうね」

「それって、よくよく解釈すると、その背後に傲岸不遜が見え隠れしているから、かえってヤバイんじゃないかね」

「でも、世の中にはいろんなヒトがいるから、へえー、あんなエライ議員さんがみずから自転車に乗っているんだからやっぱりエライのねー、なんて感心しているヒトがいるかもしれないわね」

「みずから――はそれを狙っている」

　我が家はその日はたいへんだった。

「お茶もういっぱい熱いの頼む」

「わたくし、ただ今みずから急須にお湯を注いでいます。みずからお湯を注いでいるところでございます」

「ありがとうございます。わたくしみずからの右手と左手でお茶碗(ちゃわん)をつかみ、みずからの口でお茶を飲もうとしています。あっ、あちちち」

原稿仕事なんかできなくなっちゃった。

この選挙というやつ、昔からなんだかいたるところかっこ悪いように見えてしょうがなかった。

まず、街頭演説のときの候補者の恰好(かっこう)だ。スーツに、自分の名前を大きく書いたタスキかけて、候補者によってはハチマキなんか締めて、かならず白い手袋してマイクを持ち、そのまわりに組織の奇特なヒトなのか、あるいは金で雇われたヒトなのか、たいてい揃(そろ)いの蛍光色のジャンパー（断じてブルゾンじゃないの）を着て、名前大書したモモタロウ旗なんか持って立っている。

選挙の候補者はそういう恰好をしていなければいけない、などと「候補者の服装のキマリ」などがあるとは思えないから、あれは必然的に「世間の許す候補者のあるべき服装」ということになっているのだろうか。

白い手袋がやたら恥ずかしい。あれはたぶん「潔白」のイメージなんだろうけれど、誰もそんなの感じてないだろう。

それでもってプラスチックのビールケースの上なんかに乗って何か喋る。全体がパターン化されているのがどうしようもなくチープだ。

それでもあんなにみんな必死になって立候補し、いろんなコト（犯罪になるようなことも含めて）までやる人もいてなんとか当選しようとする。まともな神経ではできない行為の連続だから、議員になるというのはそれだけ「おいしい」世界なんだろうな、ということは察しがつく。みずから自転車で走っていくのを辞さないのも、そういう獲物があるからなんだろうなあ。

選挙の宣伝カーで名前だけ連呼してそれがどのくらい得票に結びつく「力」になるのか門外漢にはまるでわからないが、あの方法はもっと昔の小さな部族の「長」を決めるときなんかは効果があっただろうと思う。とくに周辺の部族と戦闘の危機がある時代なんかは、自分らの命を守ってくれるかどうかの重要なヒトを選ぶわけだから、その時代の演説はみんな本気で耳を傾けただろう。人物を見て「強そうな顔、体」も重要な選択基準になる。

「わし、強い。わしらを襲う敵きたらみんな倒す。両手で首絞めて頭蹴り潰す。わしそれ全部みずからでやる。ドンドコドンドコ（太鼓の音）」なんてのは「みずから」という言葉や意味にかなり説得力がある。

今の日本の選挙も基本はこういうハッタリをかますというところで昔となんら変わっ

ていないのだろうけれど、その候補者の「実力」がなかなかわからないので、選挙のたびに一般市民は苦労するのである。

みずから自転車に乗って走り回っただけでは、その人が自転車に乗れるということがわかっただけで、なーんにも説得力がないのである。

ひとつだけ、アイデアがある。街頭演説を立候補者全員のバトル論争でやるキマリにしてほしいのだ。言葉による政策のぶつけあい。論理の喧嘩(けんか)である。わしらは喧嘩に強い候補者をみきわめ、選ぶ参考にしたい。ドンドコドンドコ(太鼓の音)。

自分のことばかり話す人

酒の席が多い時期になりましたなあ。

といっても、ぼくの場合なんらかの恰好で（つまり多かれ少なかれ）、とにかく毎日飲んでいるから、年始年末といっても、たいしてアルコール飲食関係に変化はないのだけれど、この時期はいろんなヒトと飲む機会が増えてくる。

その意味で、状況に大きな変化がある。若い頃はあまり感じなかったのだけれど、歳をとってくるとその酔い方に変化が出てくる理由のひとつに「飲む状況」という問題がある。

外出もなく、家で仕事をしているときは当然「ひとり酒」で、これはこれでけっこう夕方が待ち遠しかったりしていいもんだ。原稿仕事が終わらず、飲みながら書いている夜、というのもけっこうある。

残業酒、ということになるのだろうか。

サラリーマン時代、残業しながらビールなんか飲んで原稿書いてると、原則的な専務によくオコラレタが、自宅では自営業だから文句言われないもんね。

三十代の頃は小説など長いものは朝がたまで書いている、ということがよくあったから、夜明けに酔っぱらっている。それで朝になると「おはよう」と言って寝てしまう。あれはあれで気持ちがよかった。ただしそういうサイクルが長くなってくると「昼間」がやたら短くなってしまう、という寂しさがあったけれど。

やはり、仕事を終えて、外でいろんなヒトと飲むのが楽しい。面白い話、楽しい話、役にたたない話などをして最後までおいしく飲みたい。

とはいえ、最近苦手になってきたのはやたら大勢で飲む酒だ。男女がいっぱいいて、ワアワアワアワアワア騒々しいやつ。いろんな集団に関係しているので、そういう席に出なければならない時があるのだけれど、最近は嘘をついてたいていニゲル。だって、そういうけたたましい酒の場ではほんの十分もすると何を食って何をどのくらい飲んでるのかわからなくなるし、何を話していたのか、翌日は殆ど覚えていない。

結局飲みすぎて頭が痛く、ふがいない自分に腹がたち、悔恨ばかり。

やはり「いい酒」は飲む相手とその規模によるんだろうな。規模というのは一座の人数である。

適正規模は四、五人というところではないだろうか。男ばかりでもいいし、女が少し入っていてもいい。全員が同じ話題で話ができる、という規模だろうか。旅行会社のやる旅のツアー要項でいう「最低催行人員数」というようなものだ。この場合は「最大飲食適正人員数」だけれど。

十人以上になると最初の十分ぐらいは全員でひとつの話題で飲んでいられるけれど、そのあとはバラバラになり、なんのためにに十人集まって飲んでいるのかわからなくなってきたりする。それなら最初から三、四人ずつ何組かに分かれていたほうがよかったんじゃないか、なんて思ったりして。

でも三、四人で飲んでいても参加してるヒトの個性によってつまらない酒になることがある。

ぼくが一番ヨワイのは「自分のコトばかり話すヒト」である。そういうヒトが一人でもいるとその場はつまらないものになる。

どんな話題になってもそのヒトの話になっているのだ。もっともそのヒトの話がとびきり面白かったらいいのだが。

断言するが、そういうヒトの話ほどたいていつまらない。そのヒトの体験談とかそのヒトの偏屈な考え、ひいてはそのヒトの強引な持論になっていくからだ。何度か会っているとたいてい以前聞いた同じ話だから、聞かされているほうはたまったものではない。

まわりにいる人がみんな大人の場合、黙って聞いているが、座は構造的にどんどんシラケていく。そしてもっとも問題なのは、ひとりで喋りまくっているそのヒトの話によってその座がどんどんシラケていっている、ということをそのヒトが気がついていない、という例がよくあることだ。

さらに断言するが、そういうヒトほどそれに気がつかない。まわりの人が「大人」なので話のコシも折られずみんな自分の話を楽しく聞いているのだな、というでっかい誤解があって、その座はそのヒトの「おもしろくなーい」話が延々と続いていくのに耐え続ける。

誰かがついにいたたまれなくなって、まったく別の話を始めても、気がつくと再びそのヒトの話になっている、という必殺技だ。特殊能力に近い奇跡の「よこどり話術」とでもいうしかない。

ずっと以前『この人はなぜ自分の話ばかりするのか』（ジョーエレン・ディミトリアス、冨田香里訳／ソニー・マガジンズ）という本を見つけて読んだことがある。

今度会ったときにどうやって対応しようかという「傾向対策」だ。しかし、その本の著者はアメリカの裁判システムの陪審員を選ぶ職業をしている人で、主にいろんな人を観察するポイントについての心理的技術が話の基本になっていて、酒場談義における「傾向対策」という意味では即参考になる訳ではなかった。当然か。

でもそれを読むと、当然「人間心理学」の具体的な技術編になっていて、きちんと理解して読めば、初対面の人などの人間性や性癖などということがかなりわかってきそうだった。しかし、ぼくは「酒場で喋り続ける親父」の心理を知りたかったので、ピンポイント対策にはならなかった。

結局、自分のコトばかり喋るヒトというのは基本的に「自慢話」なのだろう。

初対面でもそういう自分のコトばかり喋っているヒトの話というのは初めて聞く話でも「ああこの話はいつもこういう場で必ずコレを話しているのだろうなあ」とわかってしまう。自慢話というのはたいていそんなものだ。

酒場の話は、いわゆる当意即妙がいい。一座の異なったキャラクターによって話がどこにどうコロンでいくかわからないような奴。ヒトの噂話とか悪口というのはもっともつまらないけれど「太陽系の悪口とか二酸化炭素の悪口なんかをみんなで口角泡を飛ばして激論する」なんていうのが理想だ。

幼稚なテーマだったけれど「世の中に朝が来なくなったらどうなるだろう」なんてことをかなり真剣に話していたことがある。

月に一回行く、親父ばかり十五人ぐらいの海釣りキャンプの焚き火談義だった。

「焚き火酒」が親父酒のシチュエーションとしてはもっとも理想的な気がする。不思議とぽつぽつした緩慢なリズムの話になるからだ。閉店はないし、酔えば這(は)っても一分で自宅（テント）に帰ることができる。御勘定というのもいらないしなあ。

デジタルネズミ

毎年、この時期に書くリアルタイムの話はいろいろ気をつかう。読者がこの文章を読むとき（読んでくれてるヒトという意味ね）は慌ただしい年末年始のアレヤコレヤをすませてようやくホッと二〇一三年の一月にいる。つまり、ちょっとだけ未来にいるわけだ。

しかしこれを書いている当方はまだ二〇一二年の、その慌ただしい暮れのまっただなかにいる。この業界特有の「年末進行」という、いろんな連載ものがどんどん前倒しになってきて、モノカキは布団に押しつぶされたネズミみたいにキュウキュウいっている。

ああ、そういえば、近頃ネズミを見なくなりましたね。最後にネズミを見たのは何時のことだろうか。記憶にあるのはブラジルのパンタナールで見た世界最大のネズミ「カピバラ」だ。ちょっとしたブタぐらいある堂々とした食用ネズミ。

日本の野生のネズミを最後に見たのはいつであったか。もう思い出せないくらい昔になってしまった。最後にネズミを見たときもっとよく見ておくのだった。しかしそのときは、これから先、わが人生ではめったに家のなかでネズミを見ることはなくなるのだ、などということはわからなかったのですよ。未来とはそういうもので、この文章が果たして二週間ぐらい先に、世の中に出てきているのかまったく保証はないだろう。もしなにかの事情で「出ない」というコトが正確にわかっていたら、今こんなに焦ってこの原稿を書く必要はないわけだから、今だけ「出ない」という保証を誰かしてくれないだろうか。そうしたらこれからすぐさま一杯飲みに行けるのになあ。

ノストラダムスやマヤ暦の予言騒動はポカだったが、その逆に「何の前触れもなく」いきなり世の中が終わってしまう、ということのほうがもっと確実にありえるようだ。『明日をどこまで計算できるか?』(デイヴィッド・オレル、大田直子他訳/早川書房)や『宇宙(そら)から恐怖がやってくる!』(フィリップ・プレイト、斉藤隆央訳/NHK出版)などを読むと、明日、いきなり地球がなくなってしまう可能性のほうがノストラダムスやマヤ暦の騒動よりもはるかに確率が高いことがわかる。計算できるのは火星と木星のあいだを回っている小惑星帯のなかのどれかひときわ大きいやつが、いくつかの偶然で軌道をはずれ、地球の引力によって激突してくる可能性で、「いつでもおこりうる」というレベルだ。

ここには数十億の小惑星が回っていて「宇宙の兵器庫」と言われている。恐竜が滅びたのは、その時代にここから小惑星が軌道をはずれ地球にぶつかったからだ。

地球全体がその衝撃で破壊されるほど大きいものでなくても塵のような大きさの宇宙からの衝突物体は、毎日一〇〇トンほどもあるという（『小さな塵の大きな不思議』ハナ・ホームズ、岩坂泰信監修、梶山あゆみ訳／紀伊國屋書店）。

いわゆる「宇宙塵」である。エイリアンとはべつの「うちゅうじん」。塵レベルの大きさだが、飛来してくるエリアは地球全体であり、クルマ一台に一ケぐらいの割合で毎日落ちているというから本当のところ油断ならない。

たとえば直径二ミリのやや大きな「宇宙塵」が、あるとき、町を歩いているあなたの頭にぶつかったとき、その塵はあなたの頭を確実に貫き（弾丸よりも強力に）、しかもその落下軌道が正確にあなたの頭から体の中央をとおり抜け、肛門から外に出ていったとしたら、当然あなたはなんだかわからないうちに倒れる。当然死ぬ。警官がやってくる。死因が調べられる。駆けつけた医者がそれほど注意深いヒトではなく、頭の上の直径二ミリの貫通孔に気がつかなかった場合、あなたは原因不明の死（よくあるポックリ死）などというもので片づけられるだろう。怖いからといって常にコーモリ傘をさして歩いたりヘルメットをかぶっていても、あるいは常にクルマに乗っていてもこの「直撃死」をまぬがれることはできない。

そんなふうに考えていくと、二週間後の未来、というのはそうとうに「わからない未来」ということになる。

昨日ぼくは久しぶりにテレビに出た。読書と本を中心にしたBSの番組で、二〇一三年に最初に出る新刊本ができあがった日だったので、そのことが話の中心になった。元旦の番組だから嘘のお正月の演出になる。不思議な番組で、背景には何もないのにテレビ画面にはいろんなものが映って動いていた。デジタルによるバーチャルな画像がいまは自由自在らしい。

その日、ぼくは、このところたて続けの原稿締め切りにヤラレタらしく風邪気味だった。めったに風邪などひかないからいつもと同じようにしていたら、翌日熱が出て、一日寝込んでしまった。そんなこと全然予想もしなかった。明日の自分がわからないのが現実なのだ。寝ながら新聞を読んでいたら、映画の製作技術がいま加速度的に変化していて、フィルムがやがて使われなくなるだろう、というようなことが書いてあった。デジタルにとってかわられるのだ。

写真の世界がすでにそうなっている。写真も映画もフィルムを使わない時代がくる、なんてほんの三十年前には世界の誰も考えていなかっただろう。

三十年前のぼくはまだそこらのキャンプなどで普通にネズミを見ていた。ダニエル・キイスの『アルジャーノンに花束を』(小尾芙佐訳/早川書房)という優れたSFは、知能の遅れた青年がネズミと一緒に驚異的な科学治療によって急速に天才的な知能をもってしまい、やがて同じくらい急速に元に戻ってしまう、という話だった。

そのとき、一緒に実験されたネズミも同じように驚異的に賢くなり、そして急速に元に戻っていく。

今、都会のネズミは昔よりも賢く強くなっている、という話を読んだ。都市生活の発達レベルに順応しているのだ。だから簡単に捕まりそうなところにネズミは現れなくなっているという。そこでぼくは来年（二〇一三年）早々に書かねばならないＳＦ短編は「デジタルネズミ」を主人公にしようかと思っている。

ところで、デジタルによって写真が変わり、映画が変わり、活字や本の世界も確実に変わっていくだろう、という話を近頃頻繁に聞く。モノカキとしてはなんとも心細い話だが、しかし明日から急に紙と文字からできている本が消失し、デジタルによるまったくあたらしい表現世界に変わる、とはまだ思えない。本がデジタル化し、何がなんだかわからなくなってしまった頃には、ぼくの思考も何がなんだかわからなくなっている可能性が強いから、まあそんなことはどうでもいいのである。

辺境のファミリーたちは

「辺境の地」といわれるようなところをいろいろ旅してきた。辺境すぎてニュースなどに出ることもなく、グーグルマップなどにも詳細は現れないからときおり不安になる。

「あそこはまだあるのだろうか。あそこに住んでいた人々はどうなっているだろうか」

町から二〇〇〜三〇〇キロぐらい離れている超過疎の村などもあったから、もう廃村になったか、なにか大きな災害で消滅してしまったか、おそらくもう二度とそこに足を踏み入れることもないだろうから、想像するしかない。

そんな折、偶然『CHANGE』という写真集を手にした。清水哲朗という写真家が十五年かけて撮ったモンゴルの広範囲の写真が収録されている。モンゴル国内むけに限定五百部（モンゴルで印刷している）を作ったという勇気ある出版だ。でも考えてみるとそこに写っているのはモンゴルに住む人たちなのだから、そういう本づくりがまずは正当なのかもしれない。一般的に外国で撮影した写真集でも日本だけで販売していることが多いから、写された当事者が知らない、というのはちょっとアンフェアなのかもしれない、と気づいた。

十五年間モンゴルをくまなく撮影しているので、ぼくの知っている辺境の風景もいくつかあった。ぼくがモンゴルに行かなくなって十年以上たっているので、大きく変わった生活の風景、あまり変わらない風景などさまざまだ。遊牧民らしい子供が携帯電話を持ってメールをしている。ゲルの中では薄型テレビをみんなで見ている。ぼくにとっては衝撃の写真だった。

ぼくが旅していた頃、出始めたモンゴルの携帯電話は、家庭で使っている普通の大きな電話機だった。送受話器をとりあげて話をしつつ相手の話を聞くやつだ。ダイヤル式だから歩きながら一人ではかけられず妻などに電話機本体を持たせて一緒に並んで歩く。妻に内緒の話はできないのだ。

このシステムの理屈はウランバートル全体をカバーした巨大な「親子電話」なのだった。中央に親機の大きなアンテナがあり、そのまわりを子機を持っている人が歩きまわる。この「モンゴル式携帯電話」を見たとき不思議な異文化性を感じ「いいなあ」と思った。そのままモンゴル独自の携帯電話文化を発達させていってほしい、と思ったが、結局今はどの国でも使っているありふれた物になっているのを知った。残念。

テレビは衛星放送で、これは朝青龍（あさしょうりゅう）などモンゴル勢の大相撲での活躍が急速普及につながったらしい。遊牧民のゲルの中で日本の相撲をリアルタイムで見ることができるようになるなんて十年前は予想もできなかった。

ぼくが世界で一番好きなところはパタゴニアだが、パイネ山塊にむかうときいつも通過するセロカステーヨという小さな村のこともよく思いだす。

ここは人口百人だった。最初行ったとき泊まるところがなくて小学校の教室に泊めてもらった。数年して二回目に行ったときも人口は百人で、四人だけ泊まれる小さな簡易ホテルができていた。さらに数年して行ったときも人口は百人だった。本当に小さな村だがその周辺にちらばる牧場経営者たちが生活用品を買ったり羊の毛を売ったりと経済、情報の中心になっているので、それなりに重要な機能がある町なのだった。牧場の規模は大きく、このあたりの風景と一緒にこの百人の村も大草原のなかの牧場一家もまだあまり変わっていないような気がする。

タクラマカン砂漠の真ん中にある幻の古城「楼蘭（ろうらん）」は一九八八年に日中共同探検隊の一員として行った。二千年前に滅びたが、ここは古来シルクロードの要衝だった。けれど我々が行った頃は、中国がその近くで核実験を繰り返していた。

二〇〇〇年代になると中国はシルクロード好きの日本人観光客むけにタクラマカン・ハイウエーなどというものを作り、近くまで簡単に行けるようにしてしまった。わざと楼蘭よりいくらか離れたところで観光客をおろし、高いお金をとって四輪駆動車やラクダなどに乗せてわざわざ迂回してキャンプなど体験させる探検隊ごっこをやらせた。日本だと「楼蘭記念饅頭」とか「楼蘭せんべい」などが売られているケースだ。辺境中の辺境が一番俗化してしまったことになる。

十年ほど前に行ったカナダのバフィン島は北極圏に属しているが、約五一万平方キロメートルもある世界で五番目に大きな島だ。しかし人口は一万一千人（二〇〇七年）である。日本が約三八万平方キロメートルの国土に一億二千万人がひしめきあっているのと比べると気の遠くなるような過疎の島だ。

このバフィン島には街というものはなく平均五百人ぐらいの村が点在している。しかしその村と村のあいだが一〇〇〜三〇〇キロぐらいあるから、この島の村と村の交流はとても難しい。道はなく移動できるのはかろうじて冬だけ。犬ゾリかスノーモービルだが、犬ゾリでいくには十日以上もかかり、その犬の餌を確保できる保証はない。途中にいっさいガソリンスタンドというものはないからスノーモービルも使えない。夏はツンドラの雪も消えるが、犬ゾリもスノーモービルも使えずもっと不便になる。歩いていくと蚊の大群と熊の襲撃に遭う。

確実な移動手段は唯一軽飛行機になるが、一生かけてその旅費を作れるかどうか。結局、村で一生を終えることになる。あおるように役所など行政機関に配布された衛星放送のテレビやインターネットの情報が入ってくる。そこに写っている先進国の豪華な繁栄や贅沢（ぜいたく）な風景を一生自分の目で見ることなく死んでいくのだろうという巨大な閉塞感に覆われるからなのか、絶望した若者の自殺が急増している。

アマゾンで世話になったのはポルトガル系の知的な顔をした家長の元に暮らしている二十人近くの大家族だった。完全な自給自足生活で、猿やナマズやワニなどを食べている。生活費はかからないけれど、小さな子は常に死の危険と隣り合わせの環境だった。十三歳ぐらいの少年は、将来学校の先生になりたい、と言っていたけれど、あの生活から脱出しないとそれは絶対無理な望みだろう、ということがわかっていた。学校へ行くには船で三日かかる街に住まねばならず学費と生活費の大金がいる。でも少年は現金収入ゼロの家族の元にいるのだ。

帰国して、日本の子供たちの「不登校」とか「ひきこもり」などのことを考えた。学校など行かなくても日本では勉強できる。世界のあちらこちらのファミリーが二〇一三年をどのように迎えているのかひっそり気になる新年だった。

毎日が緊急危機対策

突然の災害や事故にいかに迅速かつ的確に対応していくか――ということがいつの間にか現代人の現実的な課題になってしまった。旅をしながらでも「いまそこにある危機は何か？」などということを考えていることが多くなった。昔はイネムリしてたんだけどな。

先日、飛行機に乗っていてあと二十分ぐらいで着陸、というときに、もし地上にいま大地震がおきたら、空中にいるこの飛行機に乗っている我々はとりあえず直接の地震災害からは逃れることができる。

しかし、そのあとに「どこへどうやって着陸するか」という厳しい問題が待ち受けていることに気がつく。滑走路がダメージを受けていたら降りられない。シロウト考えながらまあとりあえず地震の影響がなかった土地の空港に方向転換するのだろうが、そこまでの燃料があるかどうか。

さらに降りられる空港がすみやかに見つかるか。多くの同じ状態の飛行機があるだろうから当然無線の混乱するなか、管制塔と各飛行機が冷静に秩序をもって連絡しあい、無事降下できるだろうか。映画だと管制官に落ちついた渋いベテランがいて手ぎわよくさばいたりして一番最後になんとか着陸できた飛行機のパイロットと管制官が五〇メートルぐらい離れたところで目顔で挨拶する、なんて場面を想像してしまうが、日本だと建前だけの管制官トップがいて「前例がない」とか「しかるべき監督省庁の許可を貰(もら)ってから」なんてやっているうちに燃料切れになっておしまいなんじゃあるまいか。

なんだかわからない緊急事態に遭遇したとき、その事件の全貌を理解し確認し対策を考える、なんてことをしている前に、本能のままに行動するのがとにかく生き残るための最優先事項だな、という体験をかつてした。

　事件は「氷河ダム決壊」である。場所はパタゴニア。夏になると氷河も上層部は融ける。融けた水がどんどん川のように流れていけば問題ないのだが、稀(まれ)に氷河の先のほうに大きな窪(くぼ)みができて氷河が自然のダム湖のようになってしまうことがある。大量の水をせきとめてしまったその疑似ダムがコンクリートの壁なら問題ないが、やはり氷なのだ。やがて水の重さと圧力で崩壊する。たいした規模ではないけれど、そこに向かっている人間がいて谷の斜面などでこの氷塊まじりの鉄砲水みたいなのにやられる——という災害だった。同行していたガウチョ（南米のカウボーイ）がいち早くこの異変の正体を察知し「今すぐ逃げろ」と叫んで牽(ひ)いていた馬に乗り換え、自分だけ全速力でどんどん崖の上のほうに逃げだした。

そのときぼくは生まれてはじめて馬に乗ったのだ。必死になってガウチョのあとに続いた。馬は仲間の馬の行った方向にひたすらついていく性癖がある。

それまで馬と一緒に我々を乗せてきたジープが間もなく崖下を転がるように流されていき、谷の下に落下していくのが馬の上から見えた。なんだか訳がわからないがとにかく落馬したらもう命がない、ということが最初からわかっていた。

あのとき「今何がおきてるのか」とか「理由を知りたい」とか「馬に乗れない」とか「ハラへった」とか「クルマで逃げればいいじゃん」などと言っていたら今のぼくの命はなかった。半日必死で馬に乗っていたので、いまは世界のどんな馬でも乗りこなせるようになった。突然の危機にはいいプレゼントもあるのだ。

世界のいろんな状況のところでキャンプをしてきたので、その体験の積み重ねがこれから先、いつどのようなかたちで襲ってくるかわからない災害対応に役立ちそうな気がする。キャンプは仕事がらみもあって今でも月に必ず一回は出かける。おそらくもう千ぐらいの夜を世界各国のテントのなかで寝たろう。作家のなかで一番キャンプしている筈（はず）だ。作家部門最多キャンプ賞をくれえ。

大きく夏用と冬用とにわけた二つのキャンプセットができている。主にテントと寝袋が違う。自宅にいてなにか災害がおき、家族を連れて逃げなければならなくなったときなどのために三年前にクルマを変えた。セダンタイプのものから大きな荷台のあるピックアップトラックにしたのだ。四輪駆動でスタッドレスにしていればかなりの機動力をもつ。

ガレージに二〇リットルの飲料水と軽油、ブタンガスのストーブ（コンロ）。以前「世界の水問題」の本（『水惑星の旅』）を書くときに買ったドイツ製の泥水でも飲めるようになる強力濾過キット。それにさっきのキャンプ道具をそっくり積んである。広域災害のときにはクルマでは逃げられないかもしれないが、近くに小さなマゴたちがいるのでじいちゃんとしてはできるかぎり自力脱出できる準備をしておきたいのだ。

寝室のクローゼットにはいつでも身につけて出られる小型のバッグがあり、その中には、ヘッドランプがふたつ。小型の工具道具箱（ドライバーからレンチ、ノコギリまでかなりの修理に対応できるキット）が入っている。いざとなれば家のなかでもはける薄地のスニーカー。パスポートと各種カード、とりあえずの現金。救急薬セット。それに冬山で使っていたアイスアックス。阪神淡路大震災のときに、地震でとじこめられた被災者が大きなバール（釘抜き）が非常に役立った、という話を読んで加えることにしたのだ。自宅にいるときになにかの災害にみまわれたら、これらの「備え」は何もしてないよりは精神の支えにはなるような気がする。

　しかし災害は、こんなふうに自宅に用意万端、なんていうときにかぎっておこらず、旅の途中とか、都会の街のまんなかでいきなり遭遇したりするのだ。

　せんだっての東日本大震災のときはキタクコンナンシャという耳からきいただけだと最初は何のことを言っているのかわからないような役人言葉のような都市被災者が沢山出た。

　事件があると帰巣本能と、家族の無事確認のためになにがなんでも帰らなければ、という人たちばかりになってしまうから、ああした緩やかなパニックに見舞われるのだろう。精神的に無理とは思うけれど、あんなとき暖かいビルの片隅などで朝までの時間をやり過ごす、というテがあったように思う。

「シュラフカバー」というものを持って歩くといいのだ。これは寝袋をすっぽり覆うカバーだが、登山家などは自宅のベランダなどで、これ一枚で寝る訓練をしている。丸めると長さ一五センチ直径六センチぐらいの軽いものだ。外国旅行のときなど空港でこれをかぶって寝ている人を見てぼくも持ち歩いている。ころがっている場所を間違えると死体と思われるモンダイもあるが。

2 悲喜こもごもの狼狽月

ヨレヨレのグチだらけ

ことさら寒い冬だからなおさらなのだろうが、今年は特に用事がないかぎり自宅でじっとしていたい。最近じゃんじゃん歳（とし）をとってきている感じだ。コタツにもぐってネコのヒゲを抜いていたいが、我が家にはそのコタツがなくネコがいない。アザラシでもいいがあれを膝にのせるのは大変だろうなあ。

最近好きなコト嫌いなコトがよりはっきりしてきて、このぶんでいくとぼくは相当にヘンクツ爺（じい）さんになっていくようだ。

どこか仕事で旅に出るとき、羽田空港に行くのにできるだけヒトと会いたくないから空港駐車場まで自分でクルマを運転して行き、搭乗待合室の端っこのほうにじっと座って待っている。

以前は何か特別室みたいなラウンジに行ってコーヒーなど飲んでいたが、最近はあの手の特別扱いサービスというのには一切かかわらないようにしている。マイレージさえやったことがない。

　だから搭乗に際しての優先特典なんかもぼくは関係ない。航空関係者は同じことをああ何べんもスピーカーで叫ばないで、旅行者をできるだけすみやかに機内に入れて目的地まで運んでくれればそれでいいんだ。

　目的地に着いていろいろ偉い人との挨拶も必要最小限でいい。いっぺんにどかどかと十人ぐらいの人から名刺を貰(もら)っても、ぼくの能力では絶対にその十人の顔と名前が一致しないままで終わってしまうというのがわかりきっているからだ。

　欧米映画なんかにあるように、居合わせた人とカタ通りの挨拶をしたあとは本日の仕事の目的や段取りについての話をして、このヒトに本日いろいろ世話になるんだなとか、今後も知っておきたい、というような人とだけ最後に名刺交換すれば覚えていられるのに。

　仕事が終わっての「接待宴会」ほど苦痛なことはない。二、三時間ぐらい前に顔を合わせたばかりの人とちゃぶ台挟んでいきなりカンパーイなどといって酒を飲んで、何を話せというのだろうか。こういうのがセットされているとぼくはあらゆる嘘(うそ)をついてニゲルことにしている。

　だって目の前に座って、早くも赤い目をしたオヤジがテーブルの上の料理にまんべんなく唾をまき散らして、その土地の自慢話を続けざまに言っているのを聞いてもまるで面白いというコトはない。そういうのを聞いてお世辞を言って必要以上に感心しているような演技をする気力や能力をぼくはむかしから持っていない。

ホテルや旅館などに早く退避する、という手もあるが最近はこのチェックインなどの手続きが億劫になってしまった。電車に乗るときのような具合に簡単にいかないのだろうか。「朝食会場の席はあちらで非常口はこちらでカラオケと大浴場は十一時まで入れる。日替わりで男女のお風呂が入れ代わります。ドアは自動ロックです。朝食券はこれですがナントカカントカの会員は三割引きです。ポイントをつけますか？」などといろいろ言われる。

でもあのバイキングという手抜き朝食の脂ぎった安ハム煮、ボイルしているだけで実際には焼いていない「焼きジャケ」、ぐじゃぐじゃのスクランブルエッグ。煮詰まった味噌汁には小さな麩とワカメ。あちらこちらごはん粒の飛び散った電気釜。これでもってサービス料、テーブルチャージ、ナントカ税合計三千六百円です。

街のそこらの定食屋でやったら三日で潰れまっせ。自分でごはんついでるのに何のサービス料なんだ。

だから泊まったとしてもぼくはホテルの朝飯はくわない。うまくないんだもの。

自宅に帰ると優しい妻が笑顔で待っているわけでもないが（満面の笑顔で待っていたらけっこう怖い）自宅の空気に戻ると安心する。部屋着に着替えて、晴れているときは屋上に出る。

ぼくは家では屋上が一番いい、と思っている。北と東に障壁があってそっちからの風はこない。ちょっとした高台に建っている個人ビルなので、西に東京の街がなだらかな斜面状に見える。風がまわってこないときは、ここでしばらくぼんやりしている。都会の真ん中なのに人の姿が見えない。ここにテントを張って寝ることをいつも考えている。

妻は最近ぼくよりも旅が多くなったので、事務所のスタッフ以外とは話をしなくてもいい。頭のなかに、その日書かねばならない原稿仕事がチラチラ刺激してくるが、まあそれは夜になってから考えよう。暗くなる頃、大相撲を見てしまう。なんのかんのいっても相撲の中継というのは時間がゆったり流れるので、いまのぼくの感覚にはちょうどいいのかもしれない。

数年前に島根県の隠岐島（おきのしま）に行って「古典相撲」というのを見た。今の大相撲よりももっと歴史があってスケールもでかく町民全員参加。一晩中やる。

これを見てすっかり気に入ってしまったから、この隠岐島出身でいま幕内上位にあがってきた「隠岐の海」を応援している。大きな体でいい面構え。大器の気配いっぱいなんだけれど、なんだか出世がのったりしている。しかしあの力士は有望なんだよ。なんとなれば彼は胴が長いんだ。相撲において胴長体形はとても有利なんだ。知り合いの相撲好きが解説する。

胴長だとなぜ有利なのか。

彼の解説は簡潔だった。

①自然に足が短くなる。重心が低いと安定感が増す。

②四つに組んだときに頭をつけると相手の手からマワシが遠くなる。

このふたつだけでもずいぶん違う。だから彼はもっともっとダックスフントみたいにひたすら胴を伸ばし、どんな力士にもマワシをとらせない体形を完成すべきだ。

かなり乱暴なことを言っているが、テレビを見ながらぼくとこんな話をしている奴(やつ)もモノカキであった。おまえヒマなんだなあ。

「いや、いまは精神休めで、夜には仕事するよ」

ぼくの考えていることと同じようなことを言っている。今夜は一人なので新宿の居酒屋に行くと仲間の誰かがいるが、そうなると三時間ぐらい飲んでいるから原稿はもう書けない。しょうがないので冷蔵庫からありあわせのものを出してきて、とりあえずビール。それからワイン。いいかげんなところでそのワイン瓶とグラスをもって仕事場のデスクに座り、飲みつつ書く。いや書こうとするのだが、何も書くべきテーマがないのにいま気がついた。そうだ。そうなんだよなあ。

本日の締め切り原稿、何を書いていいか朝から途方にくれていたのだった。そうして少し前にこのヨレヨレ原稿を書き出した、という具合。

悲喜こもごもの狼狽月

○月○日　といったってこれを書いているのは一月なので、ずっと一月の話なのだ。この日記スタイルをとるときは「ナマコはいまこのコラムの話題に枯渇しているな」と思っていただきたい。

年明けに世間はずいぶん長い休みをとっていたので、一人だけ夜中まで働いているのは嫌ダナ、と思ってこっちも毎日ノンダクレテいた。夜はとっておきのＤＶＤの映画を見ていた。シアワセだった。ずっと前にブルーレイのデッキを設置してもらったのだけれど「これは！」という映画がなくて半年もブルーレイを見なかった。そこに公開されて五十周年を記念する『アラビアのロレンス』の特別ディスクが発売されたので「これだ！」と思って買っておいたのだ。

ぼくは凝り性なので一〇〇インチの一体型リアプロジェクターで見ている。プラズマとか液晶などはどれも必要以上に画面が明るすぎる。ほとんど映画しか見ないから、リアプロジェクターはちょうどフィルムの質感を表現してくれるので一番向いているのだ。なんでもギラギラ好きの日本の風潮には合わないから、このシステムはあまり普及していないようだけれど、本当は素晴らしいんですぜ、旦那。

暮れに十年ぶりにフロントスピーカーを二本取り替えた。高さ一メートル以上のずしりと重いものだがこれでリニューアル完成。スピーカーも歳をとるんですよ、旦那。

で、夜九時から久しぶりにアカデミー賞七部門を獲得した名作『アラビアのロレンス』を堪能した。ぼくが京橋の「テアトル東京」ではじめてこれを見たのは四十五年ほど前のはずだ。当時はシネラマで上映された。横二二メートル、縦九メートルの大スクリーンいっぱいに映しだされたあの巨大画面を、自宅でほぼ同じクオリティーでウイスキー飲みながら見られる極上の時間だった。余韻さめやらずおまけ特典までついているその後のロレンス、そのほか主な出演者のインタビューまで見た。

あの映画の中の凛々しいロレンスとは随分変わった老境のピーター・オトゥールがその激しいイメージ激変をものともせず真面目に楽しげに回顧譚を語る姿に感動した。

○月○日　粗製濫造作家のぼくは、今年もぼんやりしていると十冊ぐらいの本を出してしまい世間に迷惑をかけそうだが、その年明け最初の本（業界では初荷という）『三匹のかいじゅう』（集英社）のサイン会を神保町の三省堂本店でやった。百人定員のフリースペースのようなところに集まってくれたありがたーい読者に簡単な人生近況報告。そのあとサイン会になった。サイン会は久しぶりだ。ぼくはいつも一気にやってしまうので「疲れませんか」と出版社の担当者はいうのだがなんのなんの。

四十代の頃、有楽町マリオンの阪急百貨店の最上階のフロアを全部使ってぼくの写真展をやってもらったことがある。思えばずいぶん贅沢なイベントだった。まだ疲れをしらぬ無敵バカの頃で、最終日のサイン会にはなんと七百人が並んでしまった。

書店のシキリだと最大二百人ぐらいで制限するのだが、そのときのイベンターはデパートの人だったので慣れなかったのか青天井で受け付けてしまい、そんな長蛇の列となってしまったのだ。でも考えてみればそれだけで七百部は新刊が売れるわけで、たいへんありがたいことであり、ぼくは全員にサインします、と宣言してサインマラソンに挑んだ。

サイン会は「ためがき」（相手の名を書く）しないと意味がないので一冊ずつ相手の名前を書く。一時間半で三百人ぐらいいけたが、相手の名前と自分の名前を交互に書くことになるので、そのうち信じがたい感覚マヒがおきてきた。自分の名前がときどきどんな字だったかわからなくなるのだ。ずっと自分の名だけ書いていたら機械的な繰り返しになってそんなことはないだろうが、交互というのが脳を混乱させるのかもしれない。まもなくお客さんには見えない場所に自分の名を書いた。異常なるアンチョコである。途中疲れてきたのでビールを飲みながらにした。当然トイレに何度もいく。七百人全部終えるのに三時間かかった。新幹線「のぞみ」で大阪を越えてしまう時間だ。ぼくが三時間かかったということは七百人目の人も三時間耐えた、ということであるから最後の人とは抱き合いました。男だったけれど。もうあんな耐久レースのようなことはできないだろうなあ。いまやったらペンを握ったまま四百四十四人目ぐらいでコト切れるだろうなあ。

○月○日　銀座のある高級料亭で、非常に親しい二つの大手企業の社長とひっそりした宴会を開いた。我々の新年会だった。三者利害関係ゼロのつきあいを何十年もやってきたので、お供の人もおらず一切気を遣うことはなく、いろんな話をした。経済界や日本の大手マスコミなどの実態知識に乏しいぼくには面白い話ばかりだった。やったりとったりのお義理のお酌もなく、とにかく二時間ほど笑いっぱなしだった。こういうときぼくは完全な聞き役になるが、それも疲れなくていい。料亭酒宴で疲れない、というのは珍しい。

○月○日　毎月一回「雑魚釣り隊」というぼくがリーダーをしている例によって怪しげな釣りキャンプ集団十八名で、どこかに集団釣魚旅にでかける。

雑魚釣り隊だから雑魚を釣っていればいいのだが、それはまあ「仮の名」。本気になればタイもヒラメもマグロもみさかいなく釣ってしまうんだぜ、イエエ！（これホント。行くとこへ行けばやる）などとトキの声をあげていたが、堤防や磯からはどうしても雑魚しか釣れない。そこで「島に行こう」ということになり十一月に伊豆七島の「新島」に行くことになった。その前日、隊の幹部の一人が急逝し、方向転換。千葉の名もない堤防に行ってまたもや純粋な雑魚だけ釣ってきた。

だから年明け、リベンジマッチで、またもや「新島」行きを計画し、全ての準備をととのえた。情報ではオカッパリ（堤防から）でも三〇～四〇センチ級のタイが釣れているという。

一同出発のその日は鼻の穴を五センチぐらいひろげてコーフンと期待に身悶えしながら夜十時出航の竹芝桟橋にいままさに出陣、というそのとき「シケで本日は欠航」という連絡が入った。全員のスケジュールからいって、やはりその日どこかに行かなければならない。バカは急には冷静にはなれないからなんとか密航してでもいこう、という案もでたが、密航する船がそもそも出ないのだった。仕方がないので新宿の居酒屋に潜入、作戦変更会議の後、翌日、絶望的に寒い湖に出かけた。その顚末は書きたくない。

交通安全週間の偽善

新宿の近くに住んでいるので、盛り場に出るとき新宿警察署の前をいつも通る。大きな垂れ幕がかかっていてそこには「やさしさが走る　この街　この道路」なんていう標語が大きな文字で書かれている。あれが垂れさがってからもうだいぶたつ。交通標語は、どれもたいてい虚(むな)しい。ただそこにぶら下がったり、横たわっていたりするだけで、それをじっくり見て「そうか、この街はやさしさが走っているのだったか！」などと感心している人はあまり見ない。

たぶん誰も見ていないのだろうと思う。見ても「見た」というただそれだけ。警察署の正面にはいまだに昔でいえば六尺棒とでもいうような長い棒を持った、あれは「門番」といっては失礼なのだろうが、むかしの南町奉行所の門の前にはこういう人がいたのだろうな、と連想させる警官がいかめしく立っている。アジアやアフリカのデンジャラスゾーンにある警察署の前に六尺棒を持っている警官はまずいない。軽機関銃ぐらいは持っている。日本はまだそういうあぶなっかしいものを持たずにすんでいるということだろうから、あれは相対的にみて「いい風景」なのだろう。これから「春の交通安全週間」がはじまる。街の交差点には、おそらくあれは天下り団体「交通安全協会」の指導によるものなのだろうが、町内会のテントが歩道に張られ、テーブルと椅子が置かれ、たいてい誰もいない。ときどき近所の老人らがそこにすわってお茶なんか飲んでなにか話している。あのテントがなぜ張られるのか。どんな効用があるのか。じつはいまだにその理由を知らない。たぶん聞けばもっともらしい理由を教えてくれるのだろう。たとえば町ぐるみで交通安全に関心を持ち、注意しあいましょう、などということね。

交通警官が交差点にたってその期間、信号だけでなく警官が交通整理をする。そうするとなぜかとたんに交差点の流れが悪くなって、交通渋滞をおこす、という現象があるのを警察自体は把握しているだろうか。この交通安全週間には道をいく「車」がとくに普段よりも厳しくチェックされる。交通安全の意識喚起となって、いいコトなんだろうと思うけれど、都心の自宅にクルマで帰るとき、クルマだけを取り締まるのでは抜本的な「交通安全」にはならないのではないかといつも思う。

住んでいるところは新宿の西。たぶんむかしは田んぼなんかがひろがっていたのではないかと思う。今は住宅が密集しているから細い道が縦横に走っている。クルマがやっとすれ違えるかどうか、という狭隘（きょうあい）迷路だ。たぶんむかしは「あぜ道」だったのだろう。

ここを走るのがいつも怖い。その細い道のいたるところを横切るさらに細い道があって、そこから自転車なんかが出てくる。左右からだ。その自転車に乗っている人がしばしば「いきなり」出てくる。いきなり、というのは「一時停止」はなく「左右も見ず」そのまんま出てくるのだ。主に、というか圧倒的に「おばさん」が多い。そのあたり若い人の家庭も多いので自転車の前と後ろに小さな子を乗せた若いお母さんもけっこう堂々と自分だけの都合で突進してくる。もう堂々たるおばさん予備軍なのだ。

なにかの悪質なゲームのようで、こういう道を走るのは相当に神経を遣う。できるだけ道の真ん中を走るようにしている。そこを後ろからもの凄（すご）いスピードでやってくるクルマがパッシングしたりクラクションを鳴らす。バックミラーで見るとそういうのはたいがい田舎からきたクルマだ。三〇キロ制限の道を六〇キロぐらいでやってきて「どけろ！」と言っているのだ。若いじぶん喧嘩（けんか）ばかりしていた。もっとオロカなときはこれでたちまち殴り合いのケンカになった。

田舎の、ここより広い、しかも人口がはるかに少ない道路を走っている奴がそのままの気持ちで都会のこういうドッキリ裏道にやってきて「どけろ」はまことに「やさしくない」。新宿警察の前に連れていってあの垂れ幕をじっくり見せてやりたい。ピカピカのＢＭＷなんかは、田んぼがひろがり、見通しのいい田舎の道に似合うのだ。東京に来てはいけない。高速道路のランプ前でそういう地方ナンバーのピカピカグルマが迷ってノロノロしているのをよく見かけるが「やさしい」気持ちで走っているからぼくはけっしてパッシングなどしない。あんたらが来てはいけない場所だということが分かればそれでいい。

　話を自転車おばさんやおかあさんに戻すが、こういう安全週間のときに、クルマばかりではなく、おばさん、おかあさんに「自転車の飛び出し」がいかに危険か、という講習会なんかをひらいてほしい。よく自転車の後ろと前に子供を乗せたまま、おかあさんだけコンビニに入っていったりしているのを見るけれど、あの幅の狭いスタンド装置に支えられている自転車がいかに脆弱で怖いものであるか。交通安全協会はテントを張ってお茶飲んでいるだけでなく、三メートルぐらいの模擬自転車を作って、子供の乗る席におかあさんをすわらせ、その高度感を身をもって体験させるなどということをやってあげてほしい。おかあさんは地上三メートル半ぐらいの高さに自分の頭があることを知るだろう。それがコンビニ前に置かれている自分の子供の高度感なんだということを。そうしてちょっと様子のおかしい人が通りがかりにヒョイとその自転車を押し倒して通りすぎてしまうことが絶対ない、とはいえない「現代」をもっと厳しく認識したほうがいい。

それから住宅地まわりの細い道はすべて一方通行にすべきだ。エンジンで動いているクルマを大回りさせるのに遠慮なんかする必要はない。

一方通行にすると、歩く人、自転車の人（つまり道路通行における弱者）の注意神経はずっと楽になる。

警察のいう「やさしさの街」というのは、そういう視点で街を眺めなおし、どんどん本気で本当にやさしくしていくことではないだろうか。春の交通安全週間になると、交通安全パレードなどが行われ、交通安全標語をかかげた楽隊などがいく。もしあれで交通事故が激減する、というのなら、警察は毎日パレードをやってほしい。事故など減らないのなら、あれこそ交通の邪魔になるからとっととやめてほしい。偽善と嘘はもうたくさんだ。

履歴書の「趣味」欄

履歴書って随分見ていないけれど、今でも市販のものは手書きの記入式なのだろうか。履歴書はその人のいろんな「能力」や「個性」を見る最初の重要なデータだから、その人の性格なんかがある程度判断できるといわれている肉筆文字はなかなか重要だろうから、そのへんは変わっていないのでしょうね。

あの記入欄に「趣味」というのがあった。あれも昔と同じように残っているのだろうか。趣味の欄は、良心的で知的で品のいいことを記入するのが普通だろうから、今でも「読書」とか「散歩」とか「音楽鑑賞」などということが書かれているのだろうか。「ナマ肉の丸ごと食い」とか「夜中の盛り場無目的徘徊（はいかい）」とか「豊満な女性の胸をじっと見ること」なんて書いている人はめったにいないんだろうなあ。

でもそんなことを書いた人が入社試験の成績抜群で、見たかんじもいかにも好青年、面接もテキパキ優秀だとしたらどうするか。

人事担当部長があたりさわりのないことを書いているよりも、これからの競争社会にはこういう好奇心旺盛で挑戦的かつ肉食的でエキセントリックな人材が求められている、とかなんとか絶賛しても常識的な人事担当重役の「普通がいいね」のヒトコトでたちまち安定路線のヒトが採用されてしまったらそれまでである。

むかしぼくは従業員三十人ほどのチビ会社に勤めていたのだが、自分で企画した専門雑誌が成功し、二十七歳で取締役になってしまったので、入社試験のときの履歴書チェックというのを一時期やらされていたことがある。

さして夢のない業界紙を出している会社だったけれど、あるとき何かの間違いと思うのだが銀座の一等地（銀座通りに面している）にオフィスの移転があり、業務拡張のための大募集があり、入社希望者がいっぱいきた。就職難の時代ということもあった。編集員募集だからその頃の文学セーネンふうのがいろいろ応募してくる。

履歴書の学歴とか職歴を見ても本当のその人はなかなか見えてこないが、趣味の欄とか「当社への応募動機」などというところを見るとチラホラ本音が見えて面白かった。「応募動機」で一番笑えるのが、履歴書の「記載例」なんてのに書いてある「貴社の業務内容が自己の性格に最適」なんてのをそのまま書いてくる若者で、大メーカーでも大出版社でもなんでもない怪しげな会社で本当は何やらされるか何も知らないくせに、とそのイージーさが減点材料になりそうだったが、逆に「働く希望に胸がはち切れんばかりです」「血を吐いてでもがんばります」なんてのも嘘くさかった。どっちにしてもぼくは面白がっているだけで、そのへん当否の参考にはしなかったけれど。

やっぱり注目は趣味の欄で、入社すれば結果的にぼくの部下になる奴もいるので個人的興味が先にたつ。

「格闘技」なんていうのがあってこういうのは好きだから文句なく予選通過（書類審査通過）。「映画論」というのも自分の好みで通過。「議論」と書いてある奴はしばし考えてしまった。まだ学生運動の余韻濃厚の時代である。ほかの、つまりは「読書」とか「散歩」なんてのよりは確かに個性が光っている。でも、そういうのでしつこい性格だったりすると面倒くさいだろうな、という思いもある。おまけに酒癖が悪く、酔うとやたらにケンカふっかけるかもしれない。履歴書に貼ってある顔は眼鏡と目がくどそうで、クチビルが少しとんがっているように見える。喋（しゃべ）りだすと止まらないような気もするが、そのアクの強さにまけて予選通過。

「読書（とくにＳＦ）」と書いてあるのは特上通過。ぼくの趣味でもあったからだ。

この青年はウエのほう（社長ら）の面接にも通って見事入社したが、三日で辞めてしまった。理由は、会社勤めしていると本が読めない、という、信じられないような、社長が聞いたら激怒するようなものだった。あきらかに書類選考係（ぼく）の失敗だったけれど、この人はその後第一線の文芸評論家になり、十年後にモノカキになったぼくといまでもひじょうに親しくしている。人生というのはわからないものだ。

「住宅観察」という珍しい趣味を書いている履歴書があり、しばし考えてしまった。観察する目、というのは実はそのときほしかった編集者の資質で、編集長としてのぼくは本音部分で一番求めていたからだ。

観察する興味、趣味、というのは取材記者の能力に一番求められる。しかし「住宅」とことわってあるのをどう解釈したらいいか。

建築に興味があるのか。いやそんなんじゃなくて寝室の「のぞき」なんてのが好きだったりして。

その頃、ちょうどパトリシア・ハイスミスの、そういう異常趣味を持っている不思議で怪しい小説を読んでいたところなので、妙に気になってしまった。結果的には落としてしまった記憶があるが、もしかするとかなり鋭い人材だったのかもしれない。

男ばかりの会社だったけれど、あるとき女性編集者を二人入れる、ということになった。またぼくが最初の履歴書審査やれるのかな、と楽しみにしていたら百通ぐらいの履歴書がきて、それは女好きの役員が一人で担当した。つまんないの。

男ばかりの会社だったから、入社した二人の女性社員には当然ながら異常に男子社員の注目が集まった。社歴のあまりない会社で、独身者が多かったから当然である。

でもそれが原因だったのか二人は同時にではないが一人が辞めるとあとを追うように
もう一人もすぐに辞めてしまった。ぼくの部署ではなかったから辞めた理由はよくわか
らないが、当時にはない言葉だったけれどセクハラみたいのがあったのかなあ。
　ぼくがその会社に入ったのはアルバイトの延長で、自然に居ついてしまったノライヌ
みたいなものだったが、アルバイトでも履歴書を書かされた。記憶にあるのはやはり
「趣味」の欄で、いまでも覚えているが正直なぼくは「焚き火（たきび）」と書いた。
　本当に焚き火が好きで、それは今でも変わらない。やがてそこに必然的に「飲酒」が
くっつき「酩酊（めいてい）」がくわわり、夏ならば「ドタリ寝」（崩れるように焚き火のそばで寝
てしまう。煙があるので蚊はまずこない）という「総合趣味」に育ってしまった。つま
り一生もんの趣味っていうことだ。
　本気の趣味だけれど、いまの社会の入社試験で、もし履歴書にそんなことを書いたら、
まず書類選考でハネられるんだろうなあ。

「もしもし」問題

わたしたちが電話で最初にいう「もしもし」は、そのむかしの「申す」からきているらしい。なにかヒトコト申し上げます、の申すだ。

でも「申す！」ヒトコトではちょっと無愛想なので「申す申す」と重ねるようになったらしい。古めかしいね。

「申す申す」と言われたら、

「どおれえー」と答えたくなる。道場破りか。

これと似ている「もすもす」は田舎の人が言うマンガ語のようで、実際に言ってたかどうかはわからない。土地によってはそういう訛りで話したかもしれないが、のどかでなかなかいい感じだ。これと対極なのが「オレオレ」ではじまる近頃の詐欺電話。

詐欺にまきこまれないために、

「オレオレ」

と言ってきたら「ダレダレ」と答える習慣をつける必要があるだろう。なおも「オレオレ」と言ってきたら「オレオレって誰さあんたがたどこさヒゴどこさ」ぐらいの返答余裕をつける訓練をじいちゃんばあちゃんに地域行政あたりがやるべきだ。

モンゴルに続けざまに行っていた頃すぐに気になったのはモンゴル人は電話で最初に「バイノーバイノー」と言うコトだった。意味はモンゴル人に聞かなくてもわかった。モンゴル語の日常の挨拶は「サインバイノウ」で、当初ぼくはこれを「三杯のう」と覚えた。ゴハン三杯はいりません、という程度の解釈と記憶した。

「サイン」は「元気」という意味。「バイノー」は「――でいますか」という意味だから電話では「元気」を抜かして「いるか？　いるか？」と聞いているわけだ。「そこに居るか？」である。いるから電話を受けているんだけどなあ、などと言ったりしてはいけない。

中国は全体的に「ウェイウェイ」だ。中国語の感嘆詞である喂（もしもし）だが、中国人は電話で自分の名を名乗る前に相手の名を聞く習慣がある。なんだか怖い。

世界で圧倒的に多いのは「ハロー」で、同じくらいに「アロー」または「アロ」が使われている。

スペイン語は電話をかけたほうが「オイガ」と言う。「聞いて下さい」という意味らしくなかなか可愛（かわい）い。受けるほうは「ディガメ」だ。直訳で「私に話して」となるが、一般的には「なんでしょう？」ということになるらしい。

「聞いて下さい」

「なんでしょう?」

「交通事故をおこして今すぐ六十万ペソ必要です。次のところにその額を至急フリコンでください」

「いやですね」

キッパリ否定対応できそうな気がする。

ポルトガル語はモンゴルと同じで「いるか?」「います」とこれも簡潔だ。イタリア語は映画など見ていると「プロント、プロント」という電話言葉がよく耳に残るが、これは電話を受ける側の言葉で「準備できた」という意味らしい。

韓国語の「ヨギポセヨ」はそばで聞いていて可愛いが、直訳すると「ここを見てください」というコトらしい。ちょっと別の意味があるのかもしれない。

日本語でも土地によっていくらか違ってくるのではないかと思う。関西なんかどうなんだろう。「おんどりゃあ」なんていうところから始まる場合もあるんじゃないかと関西の友人に聞いたら、やっぱり関西人も日本人ですからねえ、という返事だった。つまり当たり前に「もしもし」らしい。

携帯電話時代になっていきなり「ヒロシか」などと名前から聞いてくる人も多くなっ

てきた。このへん中国化している。

唯一、沖縄の人は「ハイサイ」と最初に言う人が多い。「こんにちは」だ。女性は「ハイタイ」。沖縄の言葉はどれも耳にやさしくここちいいから、こういう土地言葉が通用している土地はうらやましい。

いまはすっかり毎日が電話だらけの時代になったが、日本で初めて電話が使われるようになったのは一八九〇年という。

なんと東京—横浜間にかぎられていた。

電話も蒸気機関車のようにやはり最初は東京—横浜間だったのだ。使う人も当時の「電話加入者人名表」(日本最初の電話帳)を見ると東京百五十五名、横浜四十二名だった。政府の重要人物とか実業家が中心だったらしい。

もっとも一八七六年にベルが初めて実用化させた電話は通信距離が三キロ、しかも電信状態が悪く、よく聞き取れないことが多かったというから大事な用件なら走っていって話したほうが早くて確実だったかもしれない。

公衆電話はむかしは十円玉投入式だった。最初の頃は十円での通話時間がきれるまで。やがて六十円まで入るようになり、さらに百円玉投入式にもなった。しかしこれは百円以内で話が終わってもおつりは出てこなかった。電話会社はこの「おつり」のかすめとり分だけでも随分儲かったはずだ。

それからプリペイドのテレホンカード時代になったが、このとき公衆電話はあっという間にこのプリペイド式のものに切り替わった。便利になったが、あとで考えるに、あの頃、まだ使いきっていないカード(残り度数五とか一〇で机の中にためておいてそのまま死蔵もしくは捨てられてしまったもの)がいっぱいあったはずだ。

プリペイドだから使用料金はすでに前払いしている。いい商売じゃないか。カード式になって気がついたのは硬貨投入式のものはあの電話機の中にたまった硬貨を集める係やそれを集荷し、しかるべきところに流通させる設備、要員がいっぱい必要だったはずだ。その人件費や設備費がそっくり軽減された。電話会社がプリペイド式に急いできりかえたのはそういう背景があったからではないか。

日本は電気でも水道でもインフラの設置が早いから有線電話の普及は早かった。固定(有線)電話加入率は二〇〇六年で四四・三パーセント(以下数字はみなパーセント)。同じときサウジアラビア一五・九三。ロシア三〇・五九。モンゴル七・五五。インド三・五二。ケニアもバングラデシュも〇・八だった。途上国や国土の広いところは電話線をひくのも大変だからこの数字はよくわかる。

けれど電話線を必要としない衛星を使った携帯電話時代はインフラを必要としないか

ら一気に通信事情が変わった。

携帯電話の普及率を二〇一〇年で見ると、日本は九五・三九。サウジアラビア一八七・八六。ロシア一六六・二六。モンゴル九一・〇九。インド六一・四二。ケニア六一・六三。バングラデシュ四六・一七だ。

当然ながら日本やアメリカなどは固定電話の所有率が年々減少している。

集団脳よ発奮せよ

目からウロコが落ちる、なんてことをよく言う。わしらは爬虫類だったのか、などと一瞬思ったので、本当にそんな言い回しがあるかどうか探したが『ことわざ辞典』には出ていなかった。まあ、それでも言いたいコト、意味などはわかる。ぼおっといままでスリガラスみたいなもので霞んでいたものが、いきなり「すっきり」見えてきたようなことを言うのだろう。

尊敬し、長いことその著書を愛読していた動物行動学者の日高敏隆氏が亡くなり、その最後の著書『世界を、こんなふうに見てごらん』（集英社文庫）を読んだときに、わが人生の何枚目かのウロコが両目からバラバラ落ちた。

人間と人間以外の動物（犬とか馬とか爬虫類とか虫とかナマズとかノミなどにいたるまで）とのたったひとつの大きな違いは何か、と問うている。

いろいろ考えたがぼくには難しすぎてわからず、すぐに同書に書いてある回答の項目を読んだ。

こう書いてあった。

「自分の死を考えないこと」

なるほど。その本を読む直前まで、この四月に出るぼくの新刊『ぼくがいま、死について思うこと』（新潮社）という本の綿密な校正をしていたので、いたるところで書いてきた「死」の問題をずっと考えていた。

だから、この一文を読んで、そうか、いいなあ、ガラス戸の内側、日当たりのいい座布団の上でヒルネしているネコは、明日以降いつか確実に訪れる自分の死のことをまったく考えていないのである。いや知らないのである。

あいつが起きたら何を考えるのだろうか。まず「小便すっか」とか「腹へった」ぐらいだろう。

「あっ、起きてしまった。もっと寝ていたかったな。起きればネコとしての苦悩の午後がまたはじまる。ニーチェは言った。『苦悩こそ思考の腕たて伏せだ』」

なんてことは絶対考えていないように思う。動物や虫などが「自分の死」を考えることができたら、たとえばアリンコが長い行列を作って巣に急いで帰る途中、それぞれがオレもいつかは死ぬのだ。毎日毎日こんな行進を続けていて、オレはいったい何のためにうまれてきたのだろう。などということを考えていたら行列はあちこちでいろいろ乱れるだろう。アリやハチや蚊などは小さな脳と神経しかないらしいが「集団脳」という、その名のとおり集団でひとつの行動をすすめていく能力があるらしい。ある種のテレパシーのようなものかもしれない。

以前、パプアニューギニアで「蛍の木」というものを見た。山のなかの一本の木に千匹ぐらいのホタルがとりついているのだが、そのホタルの発光が完全に全体でシンクロしている。同時点滅しているのである。まるでクリスマスに盛り場の街路樹につくられるイルミネーションの同調点滅みたいで、最初は疑ったが、誰もいないニューギニアの山のなかでそんな仕掛けを作ってどうする、というコトを考え、自然界、生物界の魅惑の不思議に陶酔した。それがどうやら「集団脳」のなせる技のひとつらしい。

集団脳はサイバネティックスの先端科学でも重要な要素で、ゴミ粒程度の小さな「部品」が集団で行動する。集団でないと思考ができないのだ。むかしスタニスワフ・レムというポーランドのSF作家が『砂漠の惑星』というひじょうに面白い小説を書いた。古典SFの名作である。この中に人類が攻撃的に探索しにいった未知の惑星で、サイバネティックスと戦う。塵(ちり)のようなものが巨大なかたまりになって襲いかかり、人類の宇宙探検隊は敗北撤退する、という話だった。

同じ作家レムは『ソラリスの陽(ひ)のもとに』という小説を書いていて、今度は未知の惑星の海がそれ全体でひとつの思考をし驚異的な知能と能力をもっている、というストーリーだった。後年ガイアという言葉がなにかと取り沙汰された。もともとはギリシャ神話の大地の女神をさしているが、最近注目されているのは地球をひとつの生命体と見る――という考え方だ。

山があってそこに雨が降り、渓流が集まって川となり、都市にまでながれて海に注ぐ。海から蒸発した水分が雲となり、山にぶつかって雨となり、地球のすべての生命に一番大切な「水」の健康的な循環を作っていく。

これが世界中でおきている。つまり地球は一日も休まず、地球生命のために「生きている」のだ。それもまた大きなガイアのひとつだろう。定期的にやってくる梅雨や台風は、この循環に大量の水の供給をしてくれるのだが、あれは人間にとってありがたい地球の周期活動なのだ。

この「全体でひとつの命」という安定した地球の生命活動を脅かしているのが福島の原発事故であり、その「嘘」の多い疑惑の収束作業。あるいはこれまで世界各国が行ってきた「核実験」なども生命体としての地球をとことん痛めつける所業だったろう。放射能の半減期が何百万年、などというダメージは、地球を不治の病に陥れたのと同じだ。

ずっとむかし『放射能X』という映画があった。放射能によって異常に巨大凶暴化したアリのような生物と人間がタタカウ話だったように記憶している。「ゴジラ」も放射能で怪物化したのだった。あの頃は何かというと放射能というまだよく実態のわからないもののせいにしてそういう娯楽物語を作っていた。まだ人類全体が本当の意味の放射能の恐ろしさを理解していなかった時代だったような気がする。けれどひとつだけ示唆的だったのは、人間がつくり出した放射能によって人間以外の生物たちが「突然変異」などの悪影響をうけてしまっている、という設定だった。

アリや何かよくわからない複合生物が巨大化する、という極端な「わかりやすい」変化影響だけでなく、何百億といる沢山のいろいろな生物が、人間の都合とその失策によっていろいろな被害をうけているのは確かだろう。

ガイアという考えかたでいうと、明日の「死」を知っている人間だけが、自分たちの明日の死を早める「いろいろなこと」をしていて、明日の死を知らない他の生物の命を勝手に縮めている、という構図になる。

小さな生物たちが「集団脳」によって、この一方的な理不尽な「受難」を理解し、それに対策していく未来が早くくればいい、とぼくは夢想する。

大地や地中にいる無数の小さな生物、空を飛ぶ無数の小さな生物が、あるとき一斉に「意思」を通じ合い、勝手に地球をこわしまくる人間に「警告的な復讐（ふくしゅう）」をしかけてくる、というような事態はまだSFのような「IF」の世界でしか期待できないのだろうか。

3

面白い筏の実験漂流記

やがて個人小説時代

若い頃、欧米映画を見ていて「カッコいいなあ」と憧れていたのはタイプライターだった。どこかオープンデッキみたいなカフェのむこうに日差しがある。樹木の葉が風に揺れ、その木陰で丸テーブルに座った主人公がタイプライターでかろやかにカシャカシャカシャと何か打ち込んでいる。

ときどき横に動くキィをギーッなどと引いて、紙に印字された横文字が見えたりする。モノカキ業になった頃、ああいうコトがしたいなあ、と思ったけれど、日本語にはああいうコンパクトな文字打ちだし機械はない。

当時日本語の文章を一台で印刷までできる機械は名刺屋さんなどで見たが、なにしろ大きかった。当用漢字の活字が全てセッティングされ、オプションで漢和辞典一冊分ぐらい用意された活字入れがあって、その上を縦横左右自在に動くアームのようなものを操りながらオペレーターが目的の文字を探して、ガチャンとその活字一本を引っ張りだし、文章作りのシステムにはめ込む。大きさはいかにコンパクトにしても事務机二つ分ぐらいはあった。鉛の活字満載だから重さは軽く五〇〇キロは超えただろう。

あれを使えば、オープンカフェでのカシャカシャ（実際にはガシャンガシャン）は可能だが、全体に印刷工場の引っ越しみたいなコトになってしまいそうだ。

アルファベットの国はいいなあ、と思ったものだ。日本語で小説を書いているかぎりあの華麗なるタイプライターシステムは無理であり、見果てぬ夢なのだ、とわかってその願望はあえなく消えた。

実際にモノカキになったときは、原稿用紙に万年筆でサラサラサラのサラ、とまではいかなくてぼくの場合はサラ……えーとうんと（長時間思考）サラ、という程度で、それが長く続いた。

ただその方式だと、必要なものは原稿用紙とペンだけであるから、その気になったら、けだるい昼さがり、ちょいと気取ったオープンカフェの木陰の下の丸テーブルで小説を書く、なんてことは可能だった。でも旅先で一度か二度それらしきシチュエーションでやったことがあるけれど、小説なんかの場合、神経の集中度が違うから自宅で深夜書いているのとくらべると、まるっきり効率が悪い。やっぱり欧米映画のようにタイプライターぐらいの機械をつかって書いたほうが集中できそうな気がする。

パソコンが普及するようになってきて、タイプライターと同じように気軽にソトでそういうコトができるようになった。いかにも仕事ができそうな現代ビジネスマンの理想的なかたちではないか。

しかし、それでもぼくはダメだった。ぼくが最初にとびついたのはワープロの親指シフトという今のガキどもが「何(な)んすかそれ？」と全員バカにして聞くようなワードプロセッサーだから、理屈としてはこれこそ日本語タイプライターの実現である。

実際これを使うと文章の生産は早かった。プロのモノカキはスピードが勝負だ。しかも活字ガッチャンガッチャン機械式と比べたらこれだと簡単に丸テーブルに乗る。そのむこうに風に揺れる葉がさわさわ。やっと欧米映画にいくらか近づいてきたのだ。

けれどパソコンと違ってぼくが使っていたのは重さが八キロもある。しかも蓄電がきかないから、丸テーブルの近くに家庭用電気のコンセントがないと動かない。

カフェなどで小説を気取って書こうとするとまず重量八キロの機械の運搬だ。小さな丸テーブルでは置く場所に気をつけないと倒れてしまう。お店のお姉さんにコンセントの場所をきかなければならない。その前にまず電気使ってよろしいですか？　とことわらねば。お許しいただいてもコンセントから遠い場合、延長コードを買ってきてつなげなければならない。そこまで延ばしたコードにお客さんが足をひっかけて転んだりするので困ります、ということになるだろう。夢はなかなか果たせない。

このあいだ、知り合いが「すまほ」を使っていて、見ていたらこれは鉛筆みたいのや指先で書いたものが字になる。どんどん書けば文章になる。しかも手のひらサイズだ。ためしにやらせてもらったら四百字ぐらいわりあい簡単に書けてしまう。これだ、と思って買ってしまった。こういうのを後先考えずにすぐ買ってしまうのがむかしからのぼくのアホな癖だ。

まあ、言われたとおりやってみるとたしかに超小型簡易文章製造機だ。

しかし、あれ、ヒトのやっているのを見ているとなんかカッコ悪いのね。とてもおじいちゃんがカフェのテーブルで熱中して操作してサマになるものではない。まあ別にサマになるかならないかはもういいのだが、肩が凝るのじゃよ。

かくてこれは、二台目携帯電話への転身がとどのつまりだろう。

百年前にワープロもパソコンも誰も想像すらしていなかったのだから、あと百年後にはどんなものが出現しているか、ということが気になる。頭に思い浮かんだものがそのまま勝手に手を動かし、手にもったペンがサラサラサラと文字を書いたのは十九世紀に流行（はや）った霊媒実験のひとつ「自動書記」であった。当時は石盤に書いた、というから文章というよりも記号に近いいくつかの文字だった。あれでは小説は書けない。

それでぼくが前から提唱しているのが「夢想式自動書記」である。頭のしかるべきところに電極などはりつけて、風のとおる午後のオープンカフェにまどろむ。こっくりこっくりしているうちに頭に浮かんだ情景やドラマを傍らの探知増幅機が受信し、文字化する。

これならたいした機械はいらないし、延長コードもいらない。目が覚めるとちょっとした短編小説が完成しているんだから有り難い。こういう装置をソニーとかパナソニックあたりが早いとこ作りだしてくれないだろうか。小説家はみんな買いますぜ。

もっともその頃は世界情勢がどんどん加速度的に変化していて、もう小説など誰も読まなくなっていて、作家なんて職業は存在していない、という可能性も十分ある。

自分で小説書いていて「こんなの人類や社会にどれほど必要なのだろうか」と思うことがよくあるもの。

ひとつだけ生き残る道は、日当たりのいいオープンカフェあたりで暇そうにしている老人客なんかに「私の考えた面白い物語聞きませんか。十五分百円。時代劇と恋愛もの、新作二編ありますよ。長編は三日連続です。いまならもれなく五分間の小話が日替わりでついてきますよ」ってセールスしていくの。個人小説。けっこう暇な老人の固定客がついてコーヒー奢（おご）ってもらったりして。

〝苦い夏〟の記憶

夏になると時々思いだし、今でも「すまなかったなあ」と思うことがある。これから春になるというのになんでせっかちに夏の話なんですか、と言われると困るのだが、まあちょっと聞いてほしい。

　十五年ぐらい前まで「やまがた林間学校」というのがあって、これはＪＲと山形県が共催していた大きなイベントだった。その名のとおり真夏のさかりに毎年全国の若者が千五百人ぐらい山形に集まり三泊四日の「林間学校」をやる。七年間続いたが、ぼくはその校長だった。アウトドア関係の友人十数人に講師になってもらって県内十カ所ぐらいに分かれる。だから大体一クラス百人以上になる。

　親子とか子供が集まるのかと思ったら毎年二十代から三十代ぐらいの女性が中心だった。びっくりした。校長のぼくは開会式と閉会式に挨拶し、叱咤（しった）激励し、そして自分のクラスで三日間の「林間学校」のセンセイをやる。毎年、場所が変わった。

　ある年、かなり田舎の田んぼの中の廃校が会場になった。いつもどこも町の人が歓迎して迎えてくれる。そこではクラス開きの夜に校庭を使って「花笠（はながさ）踊り」が始まった。

全員参加である。町の人は、東京の若い人にその踊りをぜひ覚えていってほしいと思ってやってくれたのだろう。二時間ぐらい続いたあと、みんな宿舎である校舎に入ったが、民謡の音楽はずっと続いていた。かれこれ三時間ぐらい、ずっと「花笠踊り」だった。

そのときぼくは町の主催者に頼みに行った。「もうそろそろ音楽はやめにしませんか。休みたい人もいるので」

実際、〝生徒〟からそういう願い事がきていたのだ。町の人はすぐに了解してくれて音楽は終わった。そのときぼくは余計なことを言ってしまった。

「参加者は都会から来ている人も多いので、夏の夜に、こういう田んぼの真ん中で聞こえるだろう虫やカエルなんかの鳴き声も聞きたいのです。それから、夜更けになると何も聞こえない〝シーン〟とした闇の音も……」

実際、ぼくもそれを期待していたのだ。

日頃の環境の差、ということをぼくはまだよく理解していない時だったな、と今になると思う。

全国から若い人が百人以上もやってくるのだ（そのときぼくのクラスは異常に人数が多く百六十人ぐらい生徒がいた）。その田舎の町の人は青年から老人まで、まつりがやってきたような華やかな気持ちになっていたのだろう。結果的にぼくはそういう「熱い想い」にクギを刺してしまうことを言ってしまったのだ。

あの、無人の校庭で夜まで鳴っていた「花笠踊り」をもっと続けてやってもらっていてよかったのだろうなあ、とその後、幾年かして「ハッ」と思ったのである。夜も十時ぐらいになれば音楽も消えただろう。田んぼの虫やカエルの鳴き声を聞くのはそれからでも十分よかったのである。

「環境のよしあしは相対的なものなのだ」

ということをそれからぼくは考えるようになっていった。そうして、あのとき町の人と、そういうことなどを発端にクラスの生徒の有志なども交えてもっといろいろ話をすればよかったなあ、と今になって思うのである。

精神的な自分の幼さを、こんなふうに記憶のなかにひきずっている。

でも、それからさらに数年経って、もうひとつ別の角度から考えるコトのきっかけが、その苦い思い出から派生している。

それは「夜」についてだった。

これまで世界のいろいろな国を旅してきて、これも最近になってようやく感じるようになったぼくなりの〝新発見〟なのだが、日本が世界に誇れるものが、最近はずいぶん少なくなってきたが、ひとつだけまだ自信をもって言えるのは「夜」ではないか、ということである。

先進国でも途上国でも、日本ぐらい安全な「夜」を維持している国は少ないのではないか、という発見だ。たとえばぼくの家は新宿の西側、都庁が見えるところにあるのだが、夜更けの二時ぐらいに原稿仕事をしていても、家の前の坂道を若い女性が一人でカツカツとハイヒールの音をさせて歩いている。

なかにはイヤホンで音楽を聞きながらの娘もいるだろう。国によっては極端な場合、そのままクルマなどに引っ張りこまれて大変な目にあってもおかしくない、驚くべき不用心さだ。

夜十二時近くの銀座や六本木の盛り場を酔ったサラリーマンの親父（おやじ）が数人つれだって千鳥足で歩いている風景も、国が違えばたちまち餌食だ。だいたい堅気の人が夜中にガードマンも連れず酔って歩いているコトなどまずヨソの国ではありえない。

途上国の場合は、足元をライトなどで照らしていないとどんな毒蛇を踏んづけるかわからなかったりする。クルマで走っていけば安全、という考えもあるが、それは日本人の感覚で、途上国は、道路がいきなり陥没してクルマのタイヤが落ちてしまうくらいの状態になっていても、その危険をいち早く表示するシステムや機能がなかったりする。げんにぼくはそのテの無知からある国でクルマを運転し、横転してしまったことがある。

曲がり角の先に柱のような大きな石が倒れていてそこに乗り上げ横転してしまったのだ。

こういうことも、その土地の環境をいかに理解していなかったか、という単純な状況判断の欠如でしかない。

だから、日本の道路を真夜中にクルマで走っているとき、次の曲がり角に対してまったく警戒心がない自分にいきなり気がついたりすることがある。

最近思うのは日本の「夜」はいろんな意味で素晴らしい、ということだ。世界に本当に自慢できることのひとつだろう。

その一方で、冒頭、書いたような地方の田舎の「夜」は、どうもほんの十五年ぐらいのあいだにずいぶん変わってしまったようである。そのひとつは虫やカエルの鳴き声が前ほどには聞こえなくなっている場所が増えていること。徹底した農薬散布や、そもそもそれを使うべき田んぼがなくなってきている、などということが急速に起きているからだ。

東北の原発被災地では田畑は原野に戻りつつあるのに虫やカエルの鳴き声が聞こえなくなっている地域もあると聞いた。何が原因でそうなっているのかわからないが、環境の激変と生物の反応は恐ろしいほど密接なようである。

そして、もう、十五年前のあの〝苦い夏〟の暗闇のなかの「花笠踊り」は、今になるとフェデリコ・フェリーニの映画のような、贅沢で幻想的な光景だったんだなあ、と静かに回想するのである。

間一髪

一年に最低でも一回、多いときは三回ぐらい行くのが福島県の奥会津（おくあいづ）。東京生まれで「ふるさと」らしいふるさとを持たないので、疑似ふるさとの感もある。山があり川があり、広い空に雲が行く。宿には必ず季節の山菜がある。おいしい味噌汁（みそしる）がある。

「おかーさーん」

古いつきあいの人が何人もいるので呼ばれるまま行くと、その夜はたいてい大宴会になってしまったりする。奥会津の人は、ひとを呼ぶのが好きなんだな。

先週の週末、東京から三人の男とクルマを飛ばした。遠くの山々にはまだ雪がいっぱい残っているが、もう高速道路の雪はまるでない。里への道に降りていくと近くの山の斜面の木の根のまわりの雪が丸くとけて土が見え、春が来てるよーと伝えてくれている。

空気もやわらかく、風がない日差しの下では汗ばむほどだった。いつも季節の変わり目になると思うのだが、日本の四季というのは本当にありがたい「基本的自然環境」だ。

まず最初の目的地、金山町（かねやままち）に向かった。道に並行して流れる川は左右にまだ沢山の雪の川原を残していたが、流れる水は午前中の太陽の光をそっくり跳ね返して、じつにまあ小学唱歌でも歌いたくなるような美しさ。日本は本当に水に恵まれている国なんだなあ、と今年もまた改めて思った。

毎年、春のこの季節に「雪上野球大会」というものが開かれる。その名のとおり雪の上で野球をやるのである。ある程度固められた雪だが長靴で走れば必ずどこかで自分で穴を掘って突っ込んで倒れる。ピッチャーもバッターも野手も足もとが安定しないから珍プレー、アホバカプレーの続出で、まあ終始笑える楽しい野球だ。

今年は、地元の会津チームと、新潟チーム、それに三々五々集まってきた我々東京チームの三つ巴(みつどもえ)戦となった。途中から雨が降ってきた。

金属バットだからけっこうグリップが滑る。そうして、ぼくは全身が凍りつくようなミスを犯してしまった。連敗していたわがチームの最終回。満塁で一打逆転のチャンスにぼくの打順となった。このところぼくは貧打が続いている。以前は長距離バッターだったが、寄る年波には勝てないんだなあ。

二ストライク三ボール。

そこで打てないのをバットのせいにして、そこらの雪に突き刺してあった誰のか知らない大きなバットをひっこぬいた。敵チームの誰かのバットらしい。真っ黒でいやに重い。グリップが小さくてこころもとないが、重いぶんジャストミートすると飛びそうだ。

で、飛んできたボールを思いきり打った。

――つもりだった。

しかしあえなくカラ振りし、振り切ったあとにぼくの手からバットが消えていた。

バットがどこかに飛んでいってしまったのだ。振り切った先に新潟から来たチームの応援団がいた。重いバットはスカッドミサイルのようにその中の一人の主婦らしい女性にぶつかっていたのだった。そばに走っていくとお腹を押さえ、体を折って苦しんでいる。

ぼくは蒼白になった。バットの大きさと重さを知っているからこれはタダではすまないな、というのは実感としてわかる。

骨折、内臓破裂、怖い文字が頭のなかをかけめぐった。すぐに救急車を呼ばねばならないだろう。近くにいたその人の仲間がかたまりになって様子を聞いている。意識はあるようだった。「痛い！」という声がかすかに聞こえる。

倒れてはおらず「うずくまる」という恰好だった。三分ぐらいたった頃「大丈夫です」という本人らしい声が聞こえてきた。

「いきなりでショックだったので……」

そういう声も聞こえた。

「大丈夫そうです」

そばにしゃがんで様子を見ていた別の主婦らしい人がぼくに言った。

五分ほどして、その人は自力で立ち上がった。「もう大丈夫です。痛みは遠のいています」。本人が言った。

神サマの声のように聞こえた。

本当にそれで無事、一件落着のようであった。いやはや。

あれがもう五〇センチ上に飛んでいてその人の顔か頭に当たっていたら。あるいは五〇センチ下だったらそのあたりをウロウロしていた小さな子のどこかにぶつかっていた可能性がある。本当に「大事件」になる間一髪のところであった。十分後にはすべてが平静に戻っていた。そのあと、しばらくぼくは精神が呆然（ぼうぜん）としていて、平常の神経には戻れなかった。

通常の野球だとグラウンドをもっと広くとれるから、バッターボックスから最低でも一〇メートルは離れたところに応援の人はいる。

その日は降り積もった雪が壁になってスペースをなくしていた。そうして終盤になってみんな集中力が分散していた。そういう総合状況をもっと早く判断しておくべきだった。

バットはプロ野球のスラッガーが練習用に使うというとびきり長く重いやつでグリップも小さい。通常の草野球などではまず使わないものだ、とあとで聞いた。誰だ、そんなものを持ってきたのは。

運と間が悪く、誰かの頭や顔に当たってその人を殺してしまう、という最悪の結果もあった。するとあのあとぼくはどういうことになっていたのだろうか、ということを、しばらく考えてしまった。

簡単には元の生活には戻れないだろう。新聞にもその事件は報道され「あいつは普段からがさつで乱暴だったからいつかこういうことをやると思ってたよ」などとコメントする人も出てくるだろう。「春先にバットを持ってよく近所を歩いていました。それだけで危険な空気になりました。犬も逃げました」などという人もいる筈だ。ぼくは逮捕され、告訴され裁判にかけられる。弁護士に聞いたら過失致死となろう。量刑はわからないが慰謝料は一億円ぐらいだな、と言っていた。

すべては本当に「間一髪」だった。

宿に行き、近くにある町営の温泉に入った。この温泉では以前、のぼせて脱衣所でクラッとして壁に顔を打ちつけたことがある。タオルをかけるクギに自分の頬をひっかけてけっこう深い傷を作ってしまった。一〇センチ位置が違ったら目をやっていた。あれも「間一髪」だった。そういうことを思い出し、なんだか湯から出るのも慎重になってしまった。

まだ雪のついている坂道を鼻緒のゆるい宿の下駄(げた)で慎重に上がって宿に戻る。ここで滑ると坂の下に流れている渓流におちて、極端な温度差でたちまち低体温死だ。無事戻れても宿の部屋に山犬や春先の蛇がいないか注意しないと。

臭い、匂い

昨日乗ったタクシーの話。ドアを閉めて走り出したとたん大変臭い。なにかの安っぽい香水の臭いだ。香水を全身にふりまいているような人が直前に乗っていたわけではなく、どうやらそのタクシーの運転手さんが自分で香料スプレーのようなものを車内にふりまいているようだった。民宿の便所なんかでときどき嗅ぐ臭いにも似ている。ある種のサービスのつもりなのだろう。でもこれにはまいる。ドアの窓を開けたいけれどあいにく春の雨だ。十五分も乗っているとその臭いは髪の毛や衣服にしみ込んでいくはずだ。臭気に大変鋭い人の前にこのまま行ったりするとなにか間違えられてしまうかもしれない。臭いは自分の鼻にはすぐ慣れてしまうけれど、他人には敏感に伝わるものだ。いましがた安香水をたくさんつけた女を抱きしめていた、とかあるいは民宿の便所に三十分ほどこもっていたのではないか——とか。どちらかといえば後者に思われるだろうけれど、それにしてもありがたくない押しつけサービスである。

もっと困るのがエレベーターに知らない親父と乗っていて、そいつが降りるとき「ブワッ」と臭いオナラをして出ていってしまった場合。

入れ代わりに二、三人の女性が乗ってくる。親父のオナラは強烈に臭く、それが狭い箱の中に濃厚に充満していく。当然みんな気づく。一種の密閉ガス室だもんなあ。

「あの、あのですね。これは、ぼ、ぼくではなく、さっきあなたたちと入れ代わりに出ていったあの……」

などと必死の弁明をしている途中で次の階のドアが開いて女性たちはさっさと出ていってしまう。

冤罪（えんざい）……という言葉が頭の中をかけまわる。そうこうするうちに次の人が乗ってくる。ひり捨て親父の濃厚臭気はまだ残っている。これは今出ていった女たちがしていったものだ、という免罪訴求の逃げ道もあるが、あたらしく乗ってきた人は、今出ていった女性たちがこの臭気にまいって出ていったのだろう、と解釈する可能性が高い。

「あ、あのですね、こ、これは……」

などと再び言うと、さらに容疑が増していく危険性がある。

「ぼ、ぼくはやっていなーあい！」

などとついに逆上して叫べば今度は「あぶないヒト」という別方向の容疑が深まりいらぬ罪を重ねていくことになる。

そんなことでうろたえていないで、さっき親父がひり捨てしていった階で自分も素早く降りてしまえばよかったのだ、という悔恨にうちひしがれる。

無実なのに……。

うつむいてしまうと益々(ますます)そのタイドで容疑が深まっていく。このままでいくと重荷に耐えられず「ご、ごめんなさい。わたしがやりました」などと口走ってしまいそうだ。

臭い、匂いというのはなかなか存在感が大きいものだが、表現しにくい、というのも事実で、たとえばヨソの国にはその国の匂いが国中に充満しているけれど、その国の人は気づかず、外国人がそれを言葉で人に伝えることもなかなか正確にはできない。せいぜい「あの国は臭い」とか「あの国はいい匂いがする」という程度だろうか。ひとつの国を紹介する旅のガイド書などを見ると、いろいろこまかい情報に満ちているけれど、その国の大きな印象の「入り口」にあたる肝心の匂いについて言及しているものはまずない。表現しにくいからだろう。

でも、実際に世界のいろんな国を旅していると、もっとも大きなその国の存在感は「匂い」にあるとわかる。たとえばモンゴル。

十五年ほど前までは北京(ペキン)で乗り換えないとウランバートルに行けなかった。北京空港のもっともローカルな端っこのほうに搭乗の通路があり、モンゴル航空のキャビンに入るとそこはもう異国だった。

飛行機のシートや機内を覆う繊維の全てにしみ込んだ「乳」と「チーズ」と「皮」となにかの「動物」の匂い。モンゴルの人は気がつかないだろうけれど、初めてモンゴルに行ったとき、このキャビンの中からすでにモンゴルになっている、ということにある種の感動を覚えた。

同じように韓国行きの飛行機に乗ると隠しようのないキムチやトウガラシの匂いに圧倒される。飛行機の内装から乗ってきた韓国の人までがすでにその匂いに満ちているのだ。それもなんだか嬉しい気分だった。

ここしばらく行っていないので今もまだやっているのかどうかわからないが日本から直行便でオーストラリアに行くとき、着陸寸前に客室乗務員たちはキャビンの空中に向けて両手に持ったスプレー缶の中のなにか薄い香料のするガスをシューッと吹きまくっていく。なにかの消毒ガスらしいとあとで知った。客室乗務員全員が通路を歩いているので、客はハエかゴキブリになったような気分にさせられた。失礼な所業だったがあれはなんの意味があったのだろう。

インドに行って飛行機から降りるときっとカレーの匂いが充満しているのだろうな、と思ったら、そうではなくて「甘い」匂いがした。香水のようなものではなく、インドの空気がねっとりとして濃厚に甘いのだ。

これと同じことを後にある女性作家が書いているのを読み、ぼくの感じたことは間違いではなかったのだ、となんだか安心した。あれはインドに咲いている花の匂いのようであった。ムンバイの周辺はとくにその花の木がたくさん生えているのかもしれない。アフリカの地方空港を降りたときは枯れ草の匂いがした。太陽の強烈な光の下で乾燥しつくしたサバンナの風がそういう匂いを吹きころがしていたのだろう。動物の糞の匂いもその中に混じっていた。アフリカの匂いはどこも乾いた草と糞の匂いだった。

このまえ済州島に行ったときはニンニクの匂いがした。五月でちょうど島中のニンニク畑が収穫の時期にあたっていた。吹き抜ける風がそのままニンニクである。同行した仲間の一人が極端なニンニクアレルギー症で顔面蒼白、七転八倒の苦悶旅になっていた。あれは重度の花粉症の人が杉や檜しか生えていない山の中に降り立ったようなものだったのだろう。

友好的な挨拶に抱擁がある。男同士でも抱擁する。男同士が頬と頬をすりあわせたりするのを見るのは日本人にはなんとも気持ち悪いが、モンゴルの遊牧民から聞いた話で少し納得した。彼らは抱擁し、より接近したところで相手の匂いを嗅いでいるのだという。動物と抱き合うときも匂いで健康状態を確かめているお国柄だ。そうなると日本の「おじぎ」の礼がなんともよそよそしく思えてくる。

面白い筏の実験漂流記

『コン・ティキ号探検記』が子供向けの抄訳のほかは絶版になっていて、河出書房がそれを復刊することになった。あの名作が絶版というのに驚いたが、ちゃんと復刊されるというのは大変喜ばしいことだ、と嬉しがっていたら、その「解説」を書かないかと言われてやや焦った。

でも大変好きな本なので及ばずながらお引き受けしたが、改めて読みなおし、むかしの探検家、冒険家は夢を実現するためにやみくもに行動する、そのぐいぐい進んでいく意志と勇気がとてつもないのだなあ、とあらためて感心した。

コン・ティキ号はノルウェー人のトール・ヘイエルダールが、マルケサス群島に一年ほど滞在中、ポリネシア人の祖先のなかにはペルーから渡った人がいたのではないか、との仮説を唱え、それを実証するために古代ペルーの筏(いかだ)を複製し、一九四七年、ペルーからタヒチまで実験漂流する顛末(てんまつ)である。

その探検航海記は人気になり世界六十四カ国(一九七八年現在)に翻訳された。これだけ多くの言葉で翻訳されたのは聖書のほかにないという。そういう意味でも今度の日本語版復刻は喜ばしいことである。

コン・ティキ号は樹木のなかでももっとも浮力のあるバルサ材で作られている。そのバルサ材を探しにアンデスの山中で巨大樹をまず探し、直径一メートル、一番長いもので一五メートル、短いもので一〇メートルのバルサ材を九本並べそれを土台にした。

以前ぼくはアマゾンのネイティブが同じようにバルサ材を使った筏の家で暮らしているのを見たことがある。その筏はかなり大きなものだったが、二十年以上使っているというその丸太の半分がまだ水上に出ているので、その浮力に驚いたことがある。

コン・ティキは六人の探検家と約四カ月の危険な航海に出る。たびたび襲ってくる嵐や鮫(さめ)、危険な隠れ珊瑚礁(さんごしょう)など、毎日が試練となる。

楽しいのは飛び魚が毎朝のように筏の上に勝手に飛び込んできて、それが朝食になる。恐ろしいのは猛毒クラゲのカツオノエボシが大量にやってきたり、なんだかわからない「海の中の巨大な目」と出会ったり、世界最大の魚を見つけたりといった、何が起きるかわからない日々の記録である。

それから二十余年へた一九六九年、ヘイエルダールは、今度は古代アメリカ文明と古代エジプト文明両者にある数々の共通点に着目し、その時代唯一の遠洋航海可能なパピルス(葦(あし))製の筏に帆をつけた「ラー号」を昔と同じ作り方で再現、七人のそれぞれ国籍の違う男たちのクルーでモロッコから大西洋を渡る。

バルサとちがってパピルスは紙の原料になるような「はかない」素材である。けれど古代エジプトの壁画などにこのパピルス製の船がたくさん描かれている。ヘイエルダールの復元した葦船は古代のそれと同じように葦とロープだけで作られたが、重さは約一二トンにもなった。この「ラー号」の航海記は、なにしろ素材が葦であるから外洋に出るとどうなるのか、大変スリリングだが、ヘイエルダールが語っているにはコン・ティキよりも海にどっしりなじみ、大波の山にも谷にもまるでへこたれなかった、という。

しかしたび重なる嵐によって船尾のほうからじわじわ沈んでいき、途中で放棄しなければならなかった。そのあと「ラー号二世」を作り、最後まで航海をなしとげるのである。

一九七七年、ヘイエルダールは今度はティグリス、ユーフラテスの合流点のあたりから古代シュメール式の葦船を再現し、ペルシャ湾、アラビア湾、インド洋へと向かった。「ティグリス号」と名付けられたシュメール製のそれは「ラー号二世」が長さ一二メートルだったのに対して一八メートルと大きく、乗組員も十一人と増えていた。

この航海は、太平洋や大西洋と海の様相が違うので、海から得る食事用の魚の種類も前とはちがってくる。

ぼくもむかしはよく海に潜っていたので、コン・ティキやラー号の二つの航海記に出てくる魚はだいたい分かったが、ティグリス号の航海ではレインボウ・ランナーという普通サイズで体長五〇センチほどの魚が珍しかった。写真が出ていたが細長くスマートで、日本では見たことがない。カツオとサバを混ぜたような美味で、群れを作ってティグリス号の後をついてくるので数分間で一ダースぐらい捕獲してしまう。

しかし、これらの三つの航海記を読んでいてつくづくもどかしいのは、彼らが魚を刺し身で食う、ということをまったくしないことだった。太平洋ではカツオやマグロがじゃんじゃん釣れる。まあしょうがないのだけれど彼らはけっして鉄火丼などにしないで、むなしくみんな煮てしまうことであった。

『バルサ号の冒険』(ビタル・アルサル、山根和郎訳/三笠書房)という本があってタイトルのようにヘイエルダールのコン・ティキ号を意識したバルサ材の筏でエクアドルからオーストラリアに至る冒険航海記である。

一九七〇年の航海というからヘイエルダールが三隻目の葦船を作る少し前のことになる。この筏には四人の男たちとオウムやネコなどが乗っており、ヘイエルダールのような学術的なテーマなどはないので、いたって気楽な、まあ「ラテンの冒険野郎」の航海記だ。しかし夜に巨大な船とニアミス。つぶされそうになったり、外国船の船長に、もう少しで死にそうになる冷たい仕打ちを受けたりと、外洋で会う海の男たちは必ずしも熱い心の持ち主というわけではないのだな、ということを知ったりして、事実というのは本当に面白い。

かれらはシイラを沢山とって食っている。もちろんマグロもとれる。一人が日本の「サシミ」のことを知っていて、あれがうまかったから作ってみよう、ということになった。刺し身を作ったのはいいが醬油がない。

「アヒ」ではどうだ。という話になる。南米のレストランに行くと必ずテーブルの上に載っているトウガラシの効いた辛い調味料である。みんなでその「アヒ」を探しているうちにネコに刺し身をみんな食われてしまう。

ああ！　バカだなあ、とぼくは読みながら苛つくのだが、そんなふうに読むこっちがヘンなんだろうなあ。彼らは結果的にヘイエルダールのコン・ティキ号の航海記録を大幅に延ばして、目的地に着いている（コン・ティキは目的地へあと少しというところで座礁）。日本にも七百本の竹で作った筏でフィリピンから鹿児島まで黒潮に乗って平均時速二ノットで北上する実験漂流記『竹筏ヤム号漂流記』（毎日新聞社）といういかにもアジア的で面白い本がある。

長距離ドライブで考えた

おれたちは十五人いて、福井県の若狭湾をのぞむ海岸でキャンプしていた。二泊目の真夜中一時半ごろ、おれだけ先に帰ることになった。本当は翌日仲間の数人と荷物をのせていかないと残りの三台のクルマでは積みきれない。こういうキャンプのためにおれは数年前にピックアップトラックに代えたのだ。

でも、単独で帰る。予定が変わったのはそれだけの事情があったからだが、まあそれは今回の話には関係ない。

カーナビを見ると東京まで五六〇キロ。九時間かかります、と言っている。これまでわりあい遠くまで一人でクルマを走らせていたけれど交代なしのドライブでこれだけの距離ははじめてだった。

居眠り運転が一番こわいが、このところ不眠症が悪化していて眠くならないからそれはあまり心配はない。不眠症が役立つコトがあるんだなあ、と感心しつつ闇の田舎町を出発したのだった。

いまは日本のどんなところへ行ってもカーナビさえあれば帰ってこられる。むかしはこんなとき、事前に道路地図をよく見て最短ルートを研究し、ポイントとなる分岐点などをメモしたり頭にしっかり入れたものだが、今はそんなことすらしなくていいから土地の名を覚えられない。便利さはかようにヒトをナマケモノにするのだ。

見知らぬ田舎道を深夜行くと三十分間ぐらいすれ違うクルマがなかったりする。本当にこんなにさびれた道が高速道路に至るルートになるのかなあ、といくらか疑いつつ、しかしさりとて「それは違う」という確証もないわけだからとにかく進むしかない。

でも、デジタル時代はやがてちゃんと高速道路の入り口まで連れていってくれた。ガソリンが半分しかないことが気がかりだった。高速道路にもガソリンスタンドがあるサービスエリアがあるが、名前も知らない地方の道路だからあてにならない。やはり高速に入る前にガソリンを入れておきたかった。グルグル回っているうちに見つけた。しかしそれはセルフ方式のやつだった。

面倒そうなのでいままで敬遠し、サービスマンのいるところばかりで給油していたが、今は自分でやるしかない。さいわいそういう時間だからほかに順番を待つクルマもないから、ガイドされるままとまどい迷いつつ、なんとかした。途中しきりに「Tカード」を持っているか、と深夜の機械お姉さんは聞いてくるが、なんのコトなのかよくわからない。結局カードは面倒なので現金にした。

そうして知らない遠距離の高速道路ルートに入っていった。福井県から滋賀県を経由、やがて愛知県に入った。そこまでノンストップ。渋滞なし。

若狭湾はとてもいいところで行けるならこれから何度でも行きたい。琵琶湖周辺の人や名古屋近在のヒトなら簡単に行けるところなんだな、ということがよくわかった。

さすが大きな都市に近づいてくるとクルマが増えてくる。しかしまだ三時前だ。どういうことはなくずんずん走っていった。

日本の高速道路は深夜ならどこもすいていそうだ。たとえ日本縦断でも、昼に寝て深夜にだけ走っていたら簡単に往復ぐらいできそうだな、ということがよくわかった。あっ、そうか沢山の荷物を運ぶ実際の大型トラックなんかはそうしているのか。

名古屋からは東名高速。さらにずんずん走っていくとしだいに黎明のきざしが目の前にひらけてきた。これはなかなかいいものですな。山がシルエットになり、なんとなく『未知との遭遇』のシーンが頭にうかぶ。今なら、ずっと先の空中に巨大な未確認飛行物体が現れても不思議ではないかんじ。それが遠目にもでっかいシャチホコでも許せる気分だ。

さらにずんずん行く。不思議なことにまだ一度も休んでいないのに疲れは感じない。もちろん眠くもない。素晴らしい不眠症。おまえもやるときはやるんだなあ、と不眠症を励ましながら、やがて新東名高速に入った。

行きは四人の男と乗り、若いやつと交代で運転してきたのだが、朝がたすぐそばに見える真っ白な雪だらけの富士山が威圧的で華麗でとても素晴らしい。日本よりも数倍広い国、アメリカやロシアではこういう劇的なパノラマ的変幻風景はとてものぞめない。

そうして夜明けだ。この頃からさすがにクルマは増えてきた。長距離高速を走っているとときおりいるが、Ｆ１に出てくるような極端に背のひくい、しかしパワー全開した低いエンジン音の轟(とどろ)くもの凄いやつがウインカー一切なしに右や左に車線変えて突っ走っていくのが出てきた。そもそもどっちの車線もすいているんだからそんなにジグザグに走らなくてもいいのに。とっとと行っちまえ、と思いながらおとなしく走っていった。さいわいＦ１みたいなその超速カーはなおも無意味なジグザグ走行の末に次のパーキングエリアに入っていった。

よしよし、そこで小便でもウンコでもしてしばらく滞在していなさい、と頷(うなず)きながらこちらはゴトゴトスイスイとそのＰＡを通過する。そこから先はやたら長い距離のアップダウンが増えてきた。

春を迎えている左右の山々の樹木のグラデーションが美しい。「いいなあ、このあたりの山々がみんなで喜んでいるんだなあ。肩を組むようにして春の到来をうれしがっているんだなあ」などと往年の立松和平のようなことを思いながら走っていると、後ろから聞き覚えのあるエンジン音の轟きが接近してくる。バックミラーで見ると、さっきSAに入っていったF1がもうやってきたのだ。やつのウンコは意外に早かったのだ。

　また左右関係なくジグザグ運転であたりを威圧するように長い坂道を突っ走ってくる。うるさいやっちゃなあ。早く先に行け、と車線をあけて次の坂道を上っていくと、坂道の先になにか煙のようなものが見える。

　わあ。あのF1野郎のジェット機みたいなマシンが路肩に入って停止しているのが見えた。煙はボンネットからわんわん噴き出している。オーバーヒートだろうか。かっこつけすぎによるエンジン全面崩壊だろうか。できるなら後者であってほしい、と心の中で拍手しつつそのバカヤロウのそばを通りすぎた。

どんな道にもこういうバカは必ずいる。ウインカーなしで威嚇するようにジグザグ走行するから本当はまことに危険なのだ。

　まあ今回の長いドライブ風景のなかではこの一件が一番変化があって長時間運転、さすがにいささかボウッとしてきたこちらの気分が改めて引き締まり、そういうところでは少しは役にたったアホグルマではあったけれど。

4

アリさんには明日がないけど

アリさんには明日がないけど

今年はぼくの本がいっぱい出る。まあ粗製濫造作家の極致、所以（ゆえん）である。

よくハナシのたねがあるなあ、と友人らは言い、ぼくもそう思う。これはよく考えてみると沢山の連載ものを抱えているからなんですな。頭のなかは常にカラッポでも「目の前の課題として出された原稿用紙十枚になんでもいいから文字ですっかり埋めよ」などと言われたらパブロフの犬みたいに「ワンワン」と言ってそのとおりにし、終わるとオスワリして待っていると冷たいビールなんかが出てくる。

このくりかえしによってやがてハナシがたまり「単行本」という製品になる。

昨日は『ぼくがいま、死について思うこと』などという、わが本とは思えないような抹香くさいタイトルの新刊ができてきた。白地に黒い文字でそのタイトルが真ん中に。帯は真っ黒で、端のほうにぼくの顔写真がある。笑ってはいない。笑っている写真だと「遺影」みたいになるかもしれないからね、と編集者が言った。ああ、そうか。

で、その顔の隣に大きく「69歳。」と書いてある。まだその一歳手前なんだけど、でも今年六十九になるからね。帯の文字はそれだけなので「遺稿集」みたいでなかなかいい。これでもう締め切りがなくなればもっといい。

それにしても六十九歳か。その本のなかにぼくは書いているけれど、ここまで生きるつもりはなかった。ぼくはかなり無防備で外国旅行などたくさん行っていたから思い出すと死んだり行方不明になる機会はいくらでもあったのだ。

でもこういう本を書いていて思ったのはぼくは「悪運につよい」。アレ？「悪運がつよい」だったかな。どっちだったかな。こういうとき正しい作家はすぐに調べるんだけれど、面倒くさいからこのままでいいや。

要はなかなか死ななかった、ということね。それにしてもよく生きてきた。今のところ不眠症以外は健康だから、体がよく動き毎日大酒を飲んでいるバカじいさんだ。

だからほんの少し前まで自分の死について考えたことがなかった。自分がいつか死ぬなんて思いもよらなかった。そうしたら編集者と、ぼくの主治医がほぼ同時期にぼくに同じことを言った。

「あなたは自分の死について一度も考えたことなんてないんでしょう？」

そんなこと同じ時期に言わないでほしい。死相が現れていたのだろうか。

聞いてみると、死相ではなく、毎週のようにアウトドア仲間たちとなにかしら野山で遊んでいるし、いまだに焚き火のまわりで無邪気に踊って喜んでいるし、大酒のわりには二日酔いにもならないし……というようなところからその発想になったらしい。

タイミングというのは面白いものでちょうどその頃にぼくが尊敬する動物行動学者の日高敏隆教授の『世界を、こんなふうに見てごらん』という本が出た。ぼくの座右の書『かくれた次元』（エドワール・ホール／みすず書房）の共訳者であり、それを読んで以来日高先生の本は必ず読んできた。先生は二〇〇九年に亡くなり、その本が最後の一冊となった。そこに「人間と、人間以外の生物、たとえばサルとか犬とかニワトリとかイモムシとかハエからアメーバまで、とにかく人間以外の生物との決定的な違いは何か」という問いかけがあった。

これは一日考えてもぼくにはわからないだろう、とすぐにわかったのでたちまち答えを見てしまったが、それは「人間は自分の死を知っているがそれ以外の生物は自分の死を知らない」という簡潔にして深い指摘であった。

「あー、すると自分の死のことなど一度として考えたことのないオレはニワトリやイモムシと同じであったのだ」

ということに気づき、それからは「人はいつか必ず死ぬんだよ。ニーチェもキルケゴールもそう言って悩んでただろ」などと本当に言っているかどうかも知らないのにやたらそんなことを言って哲学者になっていた。酒場なんかでね。でも、考えてみると日高教授の言っていることはずしりと重い。

自分の死を考える、ということは「明日を考える」ということにつながっているからでもある。

考えてほしい。人間以外の動物がそのことを理解したら世界はたちまち大変なことになる筈だ。

たとえばブタが「なぜ自分らはこのような囲いの中にとらわれて毎日毎日同じ食べ物を与えられ、自分らは喜んで毎日毎日それを食っているのだろうか？　きっと明日もそうなんだよな」

などと、フト疑問に思ったらどうなるのだろうか。自分の未来に対して疑問を感じたらどうなるのだろうか。この毎日餌をくれる飼い主はやがて自分らをどうするのだろうか。

あるいはアリンコである。ある本に世界中の人間を全部合計した重さは、世界中のアリを全部合計した重さとほぼ同じである、ということが書いてあってショックを受けた。単体の大きさはまるで違うから人間とアリの数で比較したら天文学的な違いになるだろう。

その「数で圧倒する」アリが、自分もいつか死ぬ、ということを知ったら翌日から世界のアリたちの行動は激しく変わっているかもしれない。「どうせ死ぬならニューヨークで死にたい」なんて考える終末蟻がマンハッタンを覆うぐらいの数で押し寄せてくる――なんてこれはもうB級SF映画ですな。

しまった。せっかく哲学なんて言葉さえチラホラさせたのに、またいつものバカじいさんに戻ってしまった。

で、なんの話を書いていたのだったっけ。

あの「死」の本を書いたら、なにかもうすっかり人生とか世の中に達観してしまって、アリさんの逆に「もうわし疲れたけん、どこでどう死んでもいいけんね」という〝けんね化〟状態になってしまったのだった。

それでも今、世の中はゴールデンウイークだってえのにぼくの机の前にはやはり次の原稿の締め切り表示の赤マークの付いたカレンダーが置いてある。ほぼ同時締め切りで三本ぐらい書かねばならないようだ。で、そのなかで今いちばん書けそうなものを選ぶことになる。レストランに入ってメニューを見るようなものだ。

来週には小説の締め切りがある。こういう現実社会とすぐ隣り合わせの位置にいる週刊誌のエッセイとちがって、小説はいまの現実とまったく違う世界に行ける。そのあたりは死を知ったブタさんやアリさんなんかとは、まだちょっとだけ違うところなのかな。人間の逃げ道なのかな、などと思うのである。

ぼくの叔父さん

手前話で失礼。ゴールデンウイークにむけて久しぶりに「書きおろし」に集中していた。約二百七十枚。編集者がうまい具合に内容を十章に分けてくれたので、平均一章ごとに二十七枚書けばいい。小説ではなく「バカ旅話」だったのでそういうことができたのだ。

木の芽どきを迎えて（あんがい）デリケートな我が空気頭は、大気の圧力によってあちこちへコミつつ、狂気的な不眠症になったり、昼間、何かの拍子でガクっと意識不明になって寝てしまう、などという乱脈をきわめていたので、なるべく家から出ないようにして、きわめて不規則に原稿を書いていた。

起きたときが原稿仕事、というふうになっていき、原稿を書くのは午前二時とか午後二時とかめちゃくちゃ。

二十四時間で一章書いていくことを目指した。二十四時間のうち寝ている時間はたぶん合計六時間。それ以外は何か食うか、ひと休みするか、屋上に行って空を見上げるか、ビールを飲むか。それらが大体三時間。それ以外の時間に原稿を書いていたらおお、ちゃんと十四日間で書き終えた。

終えた日にいつも行く新宿の居酒屋に行って京都からやってきたある雑誌の取材陣八名を迎えて生ビールをたて続けにジョッキ三杯飲んだ。話しながらずんずん酔っていくのが自分でわかる。狂った作家だなあ、と先方は思ったことだろう。

それからいつもの飲み仲間が集まってきて十一時までさらに強い酒と麻雀。とにかく半月で一冊書けたのは嬉しかった。その個人的なウチアゲをしていたのだった。

そうして、今は翌日。半年間延ばしていた、やはり書きおろしの原稿に次は挑む。今度のは中学生むけの小説で「ぼくの叔父さん」みたいなのを書こうと思っている。ジャック・タチ監督のフランス映画にそういうタイトルの傑作があり、ぼくの好きな映画のひとつだ。タチのは伯父さんだったな。

中学生の少年と、家に「いそうろう」している叔父さんとの話だ。これはむかしの自分の体験がベースになっている。少年にとって叔父さんは興味深い存在だ。ぼくは、父親を小学校の頃に亡くしているので、なんとなく父親的な存在ながら父親ほどけむたくなく、むしろ友人に近く、でも大人なのでいろんなことを教えてもらった。

叔父さんがぼくの家にいたのは中学生の三年間。それからフラリとどこかへ行ってしまった。「フーテンの寅さん」みたいだった。

叔父さんは戦争帰りでその頃はわからなかったがつまりは「復員兵」だった。実際に中国まで出兵していたが、戦争の話はなかなかしたがらなかった。よほど嫌な体験と記憶をひきずっている感じで、学校から帰ると、庭でよくタバコを吸ってぼんやりしていたが、ぼくの顔を見るといい笑顔を見せてくれた。別れた妻と子がいたが、その話もあまり聞いた記憶がないのでそれも辛い記憶の彼方に捨ててしまいたかったのかもしれない。

「いそうろう」だからなのだろう、常に何か家の仕事をしたがっていた。物置小屋を作ったり、庭に池を作ったり。それは少年にとってたいへん面白い世界で、自然にぼくも手伝う。池を自分たちで作るなんてことは考えたこともなかったが、やればできるのだ。縦三メートル幅一メートルぐらいのけっこう大きな瓢簞池だった。セメントを張ってそれが完全に乾き、水を張っていくときのときめき感といったらない。でも、そこに入れた十四ほどの鮒やよく名前のわからない小魚（近くの川で叔父さんと釣ってきたもの）は三、四日でみんな死んでしまった。あとで町の庭師に聞いて知ったがセメントの池は最初はアクが出てサカナはそれにやられてしまうので、しばらくは水だけ入れてアク抜きしなければいけないのだった。

叔父さんは「大失敗だ」と汗をかいていたが、やがてアク抜きができてあらたに釣ってきた魚たちは元気に泳いでいた。

そういうことのひとつひとつがその当時の体験としてはかけがえのないもので、あの三年間はぼくにとってまことに貴重だった。

もっともそういうコトがわかるのはこっちが大人になってからで、今は「いそうろう」などという言葉もあまり使わない死語のひとつになっているようだが、育ち盛りの少年には「そういう何をしているかわからないけれど家に住みついている人」というのがいるのはいろいろ楽しい。

もっとも「いそうろう」当人は、何かと焦っていただろう。叔父さんはときどき数日いなくなることがあったが、あれはたぶん仕事探しか日雇いか何かで小銭稼ぎをしていたのだろうと、これもあとになって理解した。当時は戦争の復員兵という「いそうろう」になりやすい「おじさん」が日本中にいっぱいいたのだろう。

今の時代にも、そういう人がいたほうが育ち盛りの子供にはいい刺激になるのだろうけれど、住宅事情とか、世間体などで存在が許されなくなってしまった。何よりも、仕事につかず、ぼんやりそこらにいる「おじさん」の存在を、世の中は認めなくなってしまった。

今、中学二年用の国語の教科書（光村図書）に『アイスプラネット』というぼくの小説が載っているが、これはそういう「ぼくの叔父さん」との交流を書いたもの。時代は現在にしているので、話の内容は、今ここに書いたようなものではなく「いそうろうのおじさん」を自分に置き換えた。つまり、自分がそういう立場になっていたら、自分が身をおかせてもらっている家に住んでいる中学二年ぐらいの少年とどんな話をし、どんなことに悩み、どんな人生を模索するだろうか、ということを物語にしたのだ。明日からの「書きおろし」小説は、その設定のロングバージョンでいこうと思っている。

頭の隅に小学校だか中学だかの頃に読んだ吉野源三郎（よしのげんざぶろう）の『君たちはどう生きるか』が、チラチラしている。あのなかに都会のデパートの屋上に行って主人公の少年（そうだ、コペル君といった）と叔父さんが話すシーンがある。コペル君は好奇心のかたまりになって、叔父さんの話を聞いている。――なぜか忘れられない読書記憶のなかの一風景なのだ。叔父さんは、いつも家にゴロゴロしていて少年の母（叔父さんの姉）に「いつまでもぐうたらしてないでキチンと仕事しなさい」と怒られ続け、いつのまにかみんなに「ぐうちゃん」と呼ばれるようになっている。

「ぐうちゃん」であるぼくは仕事で世界を旅してきた。その体験話から今の日本人と今の世界の人々の暮らしかた、考えかたの違うところなどを話し、それがなぜなのか二人で語っていく、という内容にしたいと思っている。さあまた十四日間の自宅カンヅメだ。

夜中に襲ってくるもの

今『新潮45』という雑誌に「不眠を抱いて」という連載読み物（『ぼくは眠れない』として刊行）を書いている。モノカキになってからいつのまにか不眠症という、自分にはまったく関係ないと思っていたやっかいな（これも生活習慣病）に属するだろうヤマイにかかってしまって、いまだ三十数年間、それに苦しんでいる。

ストレス社会の今、ある調査では現代人の五人に一人は不眠に悩んでいるというデータがあるそうだ。

だから不眠に関する本がいっぱい出ており、ぼくもかつて何冊か読んだことがあるけれど、これがまことに面白くない。

どれを見ても面白くない。

その理由はすぐにわかった。書いている人がぜんぜん不眠症じゃないのだ。ただの学者だったり医者だったりする。

たとえは難しいがクルマに乗って突っ走りたい、と思っているヒトに「ガソリンエンジンはどうやって動くか」ということを延々と説明しているみたいなものだ。しかも読んでもその動く仕組みはやっぱり理解できなかったり書いてあるコトバが難しすぎたりする。

それに目をつけて編集者が不眠歴三十年、堂々たる現役、あらゆる「眠れるための実験」をしてきたぼくに注視したのは慧眼(けいがん)だった。眠れず苦しんでいる人に実践として少しは効力となる話を書ければ、という、わが人生経験にはめったにない「人助け」の構造がかいま見える。

そこで、徹底的に自分の体験を中心に発端から経過まで書いていくことにした。その内容は連載のほうをどうぞ。

不眠症のものにとって一番ハラたつ風景は電車のなかなんかで気持ちよさそうに寝ている奴(やつ)を見ることである。ココロが狭いので徹底的にコノヤロ視点になる。まずバカにみえる。いや、バカだな、と思って見ることにしている。人生のことを何も考えていないヒトなんだな。起きたあとのめしのことだけ考えているんだろうな、と決めつける。

そうすると少しは勝った、という気持ちになる。本当にアリの心臓よりココロが狭いニンゲンなんだおれは。

一番ハラたつのは、毎月男ども十五、六人と関東近県に焚き火キャンプ旅に出るのだけれど、早朝だから各方面から数人ずつがそれぞれのクルマで現地にむかう。

新宿からのコースはおれが運転していく。隣に運転免許を持っていないカメラマンの若い奴がカーナビがわりに乗る。こいつが難しい岐路にくるときまってグウスカ寝ているのだ。クルマをとめて早朝の畦道にそのまま蹴り落とし、置き去りにしちまおうかと何度思ったことか。

だからキャンプ地につくと、その日はもうクルマ移動がないとわかると午後からビールを飲んで気持ちよくなったらどんどんヒルネしてしまう、という作戦をとっている。このヒルネが熟睡であればあるほど夜寝られない、という苦痛が待っているのだが、普段できない禁断のヒルネこそ、今の「わが黄金時間」だな、という実感がある。それから夜になってその日釣ったサカナを肴にしこたま飲み、焚き火を前にウツラウツラするのが「第二黄金時間」である。

まあこんなふうに、それこそ連載タイトルじゃないけれど危なっかしく「不眠を抱いて」生きてきたのだが、最近ちょっと画期的な、よく眠れる「秘策」を得た。

不眠で悩んでいるヒトはぼくのところに今すぐ百万円持ってくれば「たちまち眠れる壺」をおわけします。今なら「ヒルネの掛け軸」もついてます。

――というのは嘘ですからね。騙されないように。

前に一度トライして成功したのだが、ソルト風呂である。塩をいれるのである。前はその分量を間違えてやたらいっぱいいれて塩分濃度こすぎる「死海」のようにしてしまい、浸透圧作用で体中のかなりの水分が出てしまい、もうすこしで痛風になってしまうところだった。ぼくは尿酸値が高く、常に痛風発症のリスクをかかえているのだが、危ないところであった。二次遭難、というコトバがチラチラした。

今は適正分量がわかり、寝る前に腰湯にして最低二十分は入っている。腰湯は体の血液を有効循環させる。ぬるい温度でいいのだけれど二十分も入っていると上半身に汗が噴き出てくる。そうしてサッと出てからだをよくぬぐい、多めに水を飲んで、あまりグズグズしないでベッドに倒れる。

これ、眠れる。本当に。

今までは酒のイキオイで寝ることが多かったが、酒は覚醒作用があって二時間ぐらいたつとたいてい目が覚めてしまう。喉が渇いていたりトイレにいきたかったり。そして結局それきり眠れなくなり悶々（もんもん）とする、というバカの繰り返しを何年やってきただろうか。

今は適量ソルト風呂で適正時間ちゃんと眠れる。こんなに幸せなことはない。

だからその「不眠を抱いて」という連載は、途中の沢山の艱難辛苦（かんなんしんく）の対応策を書いていくのだが、今現在の状況でいえば、ハッピーエンドになっていくのだ。

ただし、これはあくまでも今の話である。季節がちょうどよかったり、精神的にいいバランスであったり、という外部要因が関係していて、いつまたもとの悶絶地獄に引き込まれるのかわからない。

たとえば、今の優良ソルト風呂だって、ちょっとヘンな副作用みたいなのがあって、明け方近く、ナニモノカが襲ってくる夢をみることが多くなったのだ。

たとえばぼくの寝室には室内観賞樹というものがいくつかある。ベッドの足もとのほうにあるのだが、その枝葉の多いやつがしばしばわけのわからない怪物になったり、なにやら時代錯誤の忍者のような曲者になって現れたりする。そのたびにぼくはタタカウのである。夢のなかだけでタタカウのではなく本当に蹴っ飛ばしたり殴ったりする。蹴っ飛ばすのは布団の中からだから非常に足が重い。殴るときはイキオイ余ってベッドからおっこちてしまったことがあった。

夜中の三時ぐらいにドタンバタンとやっているのは、殆どバカそのものであるが、これはいったい何なのだろう。時期をみるとソルト風呂導入とほぼ一致しているので「ソルト風呂」の復讐かなにかなのであろうか。どうもわからない。

ただし、酒の酔いの覚醒とちがってこっちのほうは、そのあとすぐにまた眠りの続きに入れるから善良である。あれはただの夢だったのかな、と思ったことがあるが、布団から降りながら殴りつけたパキラ（観賞樹）の枝葉が部屋中に散らばっていたりするからタタカイを信じるしかない。

友好安心距離

数年前から「動物行動学」らしきものに興味をもつようになり、そういう本をおりにふれて読んでいる。発端になったのは座右の書である『かくれた次元』である。

このなかに書いてあることはすべて興味深いが、とくに動物における「逃走距離」と「臨界距離」については、これまでぼく自身がいろんな国の野生動物と遭遇したとき、感覚的にこれには〝法則〟のようなものがきっとあるな、と感じていたことを見事に論理的に説明してくれていて、少し利口になったような気持ちにさせてくれた。

野生動物でも、ヒトの姿を見ると即座に逃げるものと、ある程度接近させてくれるものとがある。これは動物の種類によるものではなく、動物の大きさによるものである、ということを知った。たとえば馬は五メートルほどは近づける。しかしヤモリは一メートル程度だ。

野生のライオンも、人間が近づくと最初は逃げるそうである。これが「逃走距離」だ。しかし人間がさらに接近して「臨界距離」を侵すようになるとライオンは方向を変えて接近してくる人間に攻撃してくる。「臨界距離」とは「逃走距離」を越えた非常に狭い帯のようなエリアであり、それを越えると「闘争距離」になる。

これはよくわかる。アジアの片田舎などを旅していて気の強いシャモなどに出会うとかれらは取り敢えず「逃走距離」を保って下がっていく。それでもたかがニワトリのチビ、などと接近していくといきなり攻撃的になってびっくりすることがある。小型ニワトリのくせにだ。

人間もこの法則はあてはまるようで、たとえば一日に二百万人がごったがえす新宿駅のコンコースなど見ていると夥しい数の人間が、昆虫的なすばしこさで縦横斜め（階段もあるからときに上下）めちゃくちゃに動きまわっている。必ずしも全員が前方を見ているわけではないから、あちこちでぶつかっていいくらいの近接距離をもの凄いスピードで動いているが、あれでなかなかぶつからない。人の接近を全神経が本能的に探知して瞬間的に互いに避けあっているからだ。日本に初めて来た外国人が全員オドロク風景だが、これは「動物行動学」の見地からいうと、やはりさっきぼくが表現したように「昆虫的」であるらしい。

昆虫と違うのは、人間は触手がないから、どうやら空気圧の変化のようなものを察知して方向転換しているようである。

昆虫よりも人間のほうが「近接距離」と「臨界距離」の察知とそれに対処する「逃走

行動判断」が早い、ということなのかもしれない。

しかし、別の見方もある。同じようにシッチャカメッチャカに混乱したアリの群れのなかでアリたちは互いに触手を触れ合わせ、それこそダンゴのようなカタマリになったり八重衝突とか濃淡めちゃくちゃな渋滞をおこさずにいるのは、その一瞬の触手の触れ合いで、フェロモンを含めた各種情報因子を瞬間的に交換し、同属であるかとか同属でもどの巣に帰属しているかとか、同じ巣なら、いまどこで自分らの食料（獲物）を捕獲してそれを巣に運んでいるか、といった基本情報を瞬時のうちに交換していることである。

これは、人間よりも進んだ伝達能力だ。

人間たちの「伝達行動力」はそれに比べるとそうとうに遅れている。新宿の雑踏のなかでは誰が同属で誰が「敵性人間」か、などということはわからない。

けれど、最近の急速なパソコンの発達によって、このアリと似た行動を人間がとるようになってきたのではないか、とぼくは思うようになった。

たとえば人気のラーメン屋の風景である。東京の盛り場には一〇メートルおきぐらいにラーメン屋があったりするが、そのなかでも限られた店に五十人ぐらいの行列ができる。たしかにそこがうまいから行列ができるのだろうが、見ていると行列をつくっているヒトはみんな他人のようである。これなどはアリの触手による情報伝達とさして変わらないような気がする。情報誌やネット情報、クチコミなどで集まってきたかれらは日には見えないけれど、みんなアリのような触手をもって互いに情報交換しているように見える。かれらは同じ巣穴に帰属する同種生物なのだ。

アリには小さな脳と神経しかない。それでもたとえばハキリアリが葉をくわえて巣穴までゆるぎない一列の行進をしているのは、その小さな脳で「そうすべきだ」と考えているわけだが、かれらをまとめてそういう行動に導いている巣穴の中の巨大なスーパーコンピューターのような指令脳は存在しないようだ。

アリたちの行動は「集団脳」というものによっている。小さな脳が一万匹ぐらい集まって、それぞれの行動を決定しそれが集団行動になっているらしい。

ぼくはラーメン屋に並んでいる、同じような、ややうつむきかげんの小太りの青年たちももしかするとそういう「集団脳」によって行動しているのではないか、とこの本を読んで考えてしまった。

人間にもしかるべき「対面距離」がある、とこの本には書いてある。

欧米諸国や日本人の「友好安心距離」というか「精神安心距離」はだいたいテーブルを挟んだ応接ソファと椅子の距離ぐらい。日本人だと客間の対面距離ぐらいでほぼ同じ。

いまはすたれたらしいが「お見合い距離」と言うこともできるだろう。

ところがアラブ人が一番安心し、心をゆるしあえる距離は「五〇センチ前後」という。しかも互いに相手の目の奥を見つめながら互いに相手の体臭をかぎ、顔にツバがかかるくらいで話をすると、いろいろ具合がいいそうだ。

そうなると欧米人や日本人がアラブ人とうちとけて話をするには、まず最初にそうとうに深い理解力が必要となる。しかしアラブ人との対話でその理解を得るには五〇センチの「安心距離」が必要である。

いくらか異なった宗教や文化をもつ人間でこのくらいの差があるのだから、人間と他の生物の「安心近接距離」を理解するのはもっと難しいことになる。

最初の認識は互いの「見ため」であるらしい。動物の視力を調べると人間とタコはあんがい近い。タコと顔を合わせたらタコはいま人間が見ているのと同じようにこっちを見ているらしい。仲良くできるだろうか。

老後の法則

　このところずっと自宅自主カンヅメになって長いものを書いていたので、行動範囲が限られ、新宿のいきつけの居酒屋を往復するぐらいの人生だった。

　でも、先週はいろいろ変化のある仕事があった。ひとつは牛の肉を食いにいく旅だった。それで仕事なんて言ったら世間様にまことに申し訳ない。「もうしわけない、もうしわけない」と呪文のようにとなえつつ、親父(おやじ)八人旅、なかなかうまかった。いや有意義でありました。二キレだが限りなくナマに近いレバーなんかも食ってしまった。むかしはあんなにうまいものをその気になればいくらでも食えたのですなあ。

　旅先などで出会う中年から初老の男女が夫婦であるか否かはたいていわかる、という確認と収穫、というものもあった。

「老後の法則その①夫婦は無言無表情」

　——というものがあるのだ。

　レストランなどでむかいあって座っても双方ほとんど黙っている。あまりジロジロ観察しているわけにはいかないから瞬間的な観測だが、どうやら互いに顔を合わせることもないようだ。

この夫婦の家庭のなかもだいたい同じようなものなのだろうと推測できる。永いこと夫婦をしていると、もうあらかた、というか一〇〇パーセント話は出尽くしているから、自宅の居間にいようが旅先だろうが「何も話すことはない」というのは当然のことで、そうなると別に旅に出なくてもいいのではないか、と思うのだが、そんなことは余計なお世話なのであった。

遠いところに嫁いだ娘に新しい子供が生まれたのでお祝いに行った帰りだったかもしれないものな。年齢的にそれはないかなあ、とも思ったが昨夜読んだ週刊誌に「高齢出産が流行っている」と書いてあったからたぶんそうだ。よかったよかった。

だったら「今日は本当にかわいかったなあ」などと話しなさいよお二人さん。というのも大きなお世話なのであった。

どうも当方も老齢化し、近頃世間への視野がたいへん狭くなってしまっている。これはおもてにあらわしてはいけない「老後の法則その②余計なお世話」として予備学習しているんだけどなあ。

逆に「夫婦」でない中年男女というのもすぐにわかる。新幹線なんかだと頭と頭を必要以上に近づけてずっと喋りっぱなしだったりするからこれもまた少しめざわりなんだよなあ。楽しい気持ちはわかるけれどそんなにはしゃいでいちゃまずいんじゃないのお父さん。なんてこれも「余計なお世話の法則」に触れてしまうコトであった。

こんなふうに新幹線のなかの風景をぼんやり眺めてしまうのはこの四、五年のことで、少し前までは乗り物というと必ず原稿を書いていた。けれど機械で原稿を書くようになってしまってからは、揺れる車内で原稿用紙に手書きで書くというのはしだいに辛くなった。これもあきらかな老化だろう。かといって本を読むのもせいぜい一時間。あとは疲れてしまう。コレ同じく老化だな。

といってカンビールを飲むのもむかしみたいにあまり魅力に思わない。飲むならば自宅に帰ってちゃんと冷えた一番好きな銘柄のものを使い慣れた透明グラスでグビッとキッパリ飲みたい。これは老化というより頑固化というべきだろうか。

「老後の法則その③食物摂取における頑固化」

そんなことを考えているうちに東京駅に着いてしまった。電車に乗り換える。電車に乗るのも久しぶりだ。知ってはいたが今はみんなスマホをしていますな。六割がたのこみぐあいの電車のなかでみんな無言でスマホをしている団体沈黙の姿は慣れない者にはやはり相当にキモチワルイ。ほんの十年前には想像できない風景だった。

三十年前は携帯電話のメールを打っているヒトもいなかった。では三十年後の車内はどういう風景になっているのか。十年前に今の風景が予想できなかったように、おそらく誰もわからないのだろう。

以前、アホバカSFとして書いたことがあるが、そのころはケータイやスマホを絶対忘れないシステムとして体内埋め込み電話ができていて、それで通信している。先方からの声は内耳から鼓膜をじかにふるわせるからソトにはもれない。その返答に声をだすとうるさいので顎関節の動きを利用して黙って口を動かすとそれが先方にコトバとしてトンでいく。〝関節話法〟である。

だからその頃の電車のなかはみんな黙って口や顎だけをがしがし動かしているのである。あっ。これもそうとうキモチワルイな。

次の日は、ある賞の授賞式に出席した。ぼくはこういうときもジーンズである。なにしろそれしかないのだ。自分の服などを買いにいかなくなってたぶん二十年にはなる。こういうのはぼくだけではないのだろうが、歳をとると自分の服装なんかどうでもよくなってしまう「老後の法則その④服なんかどうでもいいけんね現象」に該当する。同時に「老後の法則その⑤買い物大嫌い」にも抵触する。

授賞パーティは大きな出版社のロビーで行われたのだが、ああいうところは「入館証」と書いたカードを首からぶらさげる。ネクタイのヒトはもともとネクタイ一本ぶらさげているが携帯電話をぶらさげている人もいるから都合三本だ。さらに胸にピンのついた小さな花をつける。ぼくみたいにTシャツ一枚の者としてはバカみたいに大仰となるのだ。

ひさしぶりに出席したパーティではいろんな人に声をかけられるが、顔に見覚えがあるから知っている人なのだろうが、果たしてどこの誰であったか思いだせない。

失礼があってはいけないから、話をしながら必死にヒントを探りだそうとするが老化頭はますます呆然(ぼうぜん)としていく。

「その後、彼らとの仕事はどうですか？」

「ええ。まあ、相変わらずあれこれしてますが、やはり彼らもいろいろアレコレでしてあははは」

笑ってごまかし少し横移動すると「アラまあひさしぶり、わかる？　あたしよお」。

そこには銀座のお店関係者は参加してないのでヒラヒラドレス系ではないが、顔だけではわからない。

が、そういうことを言ってはコロされるからこれもハナシを合わせるために必死に誰なんだか探りをいれる。

「あの頃は、時代が違ってタイヘンでしたけど、今は先生もだいぶラクになったんじゃないですか」

「ええ、もうおかげさまでアレコレでして楽です楽です。あははは」で、横移動。

「老後の法則その⑥老いては笑ってごまかせ」

気になるお値段

ツマというのはやっぱりありがたいもので、夜、家でめしを食うとなると午前中に御用聞きみたいにして「食いたい夕飯」というものを聞き、夜にはそれを作ってくれる。無料だしなあ。

ここんとこそのツマはユーラシア大陸の奥地のほうに行ってしまったので御用聞きがいない。したがってめしは一人で考えて食わねばならない。

そこで仕事関係の打ち合わせは夕刻から新宿の居酒屋で、というコトにしてビールとめしを兼用にしているが、毎日打ち合わせがあるわけではなし、週末は家にいるから一人めしだ。

少し前までは自分で作れる食い物をこしらえてそれでビール飲みながらテレビのナイターなどを見ているのも楽しかったが、トシをとってくるとしだいに自分のめしなど作るのが面倒になりますな。

逃げた女房にゃ未練はないが、逃げる前に野菜をかならず食べること、などと言われたもののウサギじゃないんだから四、五日食わなくても大丈夫だろうとチーズぐらいでビールを飲み、やがてワインになりウイスキーになる。サケで空腹神経がマヒしてしまうのか、そうなると最後に冷凍のさぬきうどんを熱々にして生タマゴをぶっかけて「かまたま」にしてそれでおしまい。

もしツマに先立たれると、しばらくはこんな日々になるんだろうなあ、やっぱりこっちが先に逝ってしまうべきだな、などということを考えながらズルズルやっていた。

テレビはプロ野球セ・パ交流戦を見ていればこのところそれで何も文句ありません。ただしよほどスポンサーがつかないのか、これまで通信販売の「空気清浄機」と損保会社としじみを原料にしたサプリメントのCMを何回見たことだろうか。いや何百回という数ですな。もうみんな覚えちゃっているから見てもしょうがないんだけれど、歳をとってくるとメダマを動かすのも面倒になり、結局ソラで覚えているおんなじものをまたもや呆然と見ていることになる。

とくに「空気清浄機」を説明するフトメのおじさんの声、立ち居振る舞い、しぐさなどはすっかりわかってしまっていて、なんだか親戚のおじさんみたいで親しみが湧いてくる。

あのCM、試合の攻撃と守備交代の時間に放送されているのだが、ほかの試合にチャンネル移行してもそこでもやっぱり同じように出ている。

各試合のイニングスの流れがどれもぴったり同じになっているのだろうか。そんなことはありえない筈だが、同じ時間に出会う率が圧倒的に多いのである。あれはいったいどういうことになっているのだろうか。ここんとこの最大の謎である。

可能性としては各試合が、そのイニングスの終わり時間をＣＭ時間に合わせて進行している、ということになるが「んな、ばかな！」ということですよね。

とにかくあのＣＭは殆ど全てのカードに出ているようだから、いつも不思議な存在感をもって「空気清浄機」の素晴らしさを説明しているおじさんを見てしまっている日本人、少なくとも野球好きの人といったらもの凄い数なんではあるまいか。

あのひとなら新宿の雑踏を歩いていてもすぐにわかり、目の前にきたりしたらおじぎなんかしてしまいそうだ。ＣＳコマーシャルが生んだ新手のスターといっていいのではないだろうか。

それからぼくがけっこう好きなのは（スタジオに来ている、という設定なんだろうけれど）背後に流れる数十人のおばさんたちの微妙なリアクションの音声効果である。その製品のなにかすばらしい機能を聞いてみんなで一斉に「へぇぇぇ」と感心する独特のざわめき。

男（とくにオヤジは）は無感心、無感動を人生の基本にしているようなヒトが多いから、通常あのような声をみんなして出さない。あれは完全に「おばさんの世界」なのだ。

驚くべきスグレモノの多機能を思う存分聞かされて「さて気になるお値段は」となって想像をやや下回るように聞こえる価格に「わああああ」とみんなで一斉にオドロクさま。

このひとたちの姿は一切見えないので、あれは特別に「感動したり驚愕したり」の合同練習をしたのちそれを録音編集して、ちょうどいいところにちょうどよく流しているのだろうけれど、単純ながらなかなか効果的で、どこの誰が発明したのか知らないけれど、あれはもっとほかのものにも利用できそうな気がするのだ。

たとえば一般ニュースなどにも使ったらどうだろうか。

「今日未明、〇〇高速道路で大規模な四重衝突事故がありました」とアナウンサーが深刻な顔をして言う。

画面の奥で「ひぇぇぇ」などとおばさんたちがすぐに低く声をあげて反応する。

「大型トレーラーの横転が原因ですが、乗っていた人はみんな奇跡的に無傷で、全員元気らしい、ということです」

「うわあへえ」。意図不明のリアクション。

「調べによるとなぜか乗っていた人は全員そのまま逃亡。高速道路わきの山の中に逃げた模様です。警察ではなぜ全員逃げたかを不審に思い捜索を開始していますがくわしいことはわかっていません。この前代未聞の集団逃走を後方近くから目撃していた人の話です」

「あの時は明け方でな、すっかりはよく見えなかったけんど、あれは人間じゃねえと思うんだ。動きがサルみていにみんなすばしこくってのう」

「どひえええええ」。おばさんの声。

しかし、こういう不可解でミステリアスな事件は、例の空気清浄機おじさんにニュースキャスターになってもらって伝えてもらいたい。バックのおばさんらの驚嘆声もいっそう力が入るというものだ。

「それればかりじゃないんです。いいですか、この山の中に逃げ込んだ人たちがですね、いきなり空を飛んでしまったんです」

「ひぇぇぇ」

「飛べるんです。新機能がついてましてね、ボタンひとつで簡単に空を飛べてしまう」

「へえええ」

「これはねえ、いままでの人間と違うまったく新しい性能をもっている、ということです。便利ですよ。歩く必要がないんですから。お歳をめしてくると、坂道なんか辛いでしょう。でも息切れしない。そういう新しい機能もついてるんです。で、気になるお値段ですが、これがまだどこにも売ってないんですよう」

「えええ……」（残念そうな声）

5 ソーメンと世界遺産

ヘビも這う昭和の社員旅行

ある出版社の保養所に泊まった。オヤジばかり八人。週末なのにすいていて、快適だった。保養所といっても普通の旅館と変わらない。しかも温泉つきだ。大手企業っていいんだなあ。

若い頃、零細企業に勤めていた頃の社員旅行を思いだした。

チビ会社ながら社員は三十人ぐらいいたが、全員男だけだった。そのへんは今の旅と変わらない。

社員旅行のときは社長が訓示をタレル。社員はみんなアタマをタレて聞いているフリをしているが誰も聞いていない。

大広間に「コ」の字型に配膳がならべられていて「えらいもん順」に左右に座る。今考えると時代劇みたいであれはおかしかったなあ。

「顔ぶれ順位」はその年ごとに微妙に変わるから、目で見てわかる「わが社の現在のエライモンランキング」みたいなもので、写真を撮っておけばよかったなあ、と思うのだが、今のようにカメラ付きの携帯電話などなかったし、そもそも誰もカメラなど持ってくる奴はいなかった。オヤジ集団の写真を撮ってもしようがなかったわけだし。

あの頃はまだ温泉旅館が果てしなく魅力的な時代だったから部屋割りが決まり、そこに荷物を置くと、宴会までの時間に真っ先に温泉にいく奴と、真っ先に冷蔵庫のビール類を飲む奴との二派に分かれた。

ぼくは当然ビール派だった。なにしろタダなのだ。各部屋の冷蔵庫にある清涼飲料水やあやしげな精力剤みたいなのばっかりあさっていく不思議な「その他」組もいた。その結果、たちまち冷蔵庫はカラになってしまった。

幹事が焦って「冷蔵庫のものを飲むときは名前を書くように」などというカミを持って各部屋を走り回っていたが、その頃には冷蔵庫の中身はもうあらかたなくなっていて、幹事のもってきたカミには隣の部屋にいる連中の名前を書いたりしていたりして、

隣の部屋の連中も同じようなことをしていたから、結果的に平均化されていた。

とにかくまあみんないいかげんで、またそれが面白かった。

ぼくはまだ二十代で、ありあまる体力があったから一〇メートルぐらいの大きい温泉があると、そのころ大好きだったバタフライで五往復ほどすると、湯の中の水泳は疲れ

るからビールの酔いがいっぺんに回って死にそうになったりした。思えばよく本当に死ななかったものだ。

宴会では確実に「酒飲み競争」になり、サケ癖の悪い奴あたりからかならずケンカが始まった。でもたいてい口ゲンカまでなので面白くなかった。

「これはケンカではなく議論なんだ」などと面倒くさいことを言う奴もいた。

そいつは学生運動家あがりで、入社のときの趣味欄に「議論」などと書いているややこしい奴だった。

まだカラオケというものも無かったので、全員アカペラで歌うわけだが、こういう山賊みたいなオヤジどもの宴会ではナマヌルイ歌は相手にされない。それでも空気の読めない奴がいて「オー・ソレ・ミオ」なんかを歌う。

やはり誰も相手にしなかった。

一人だけ森繁久彌（もりしげひさや）の「銀座の雀（すずめ）」を情感たっぷりに歌うのがいて、当時我々の会社は銀座にあったのでこれが妙にうけた。

経営幹部に戦争帰り、つまりは「復員兵」がいて、一人で総務をやっていた。目が鋭くて無口で怖かった。この人も大酒を飲み、最後はたいていパンツを脱いで大広間に大の字になって倒れた。

「自分を表現するにはそれしかないんだよ、このヒトは」

などと例の学生運動家あがりが皮肉っぽく言っていた。嫌な奴だったな。でも「戦争帰り」と「学生運動家崩れ」がひとつの宴席にいる、というのもなかなか得難い場だったんだなあ、と今になると思う。ぼくはまだ新人だった。

パンツを脱いだ総務部長を見るのはいやなのでみんなその人の上に座布団を投げ、全身が見えないようにして宴会はオヒラキになる。片付けにやってきた仲居さんらが大広間の一方に座布団が山となっているのでそれを片付けようとすると中から大の字全裸親父が出てくるという寸法だった。

もう亡くなったが自由律の詩人であり、蛇の収集家として斯界では有名な人がいて、この人がよくペットのミドリヘビを連れてきていた。ポケットに入るくらいの小さな蛇だったが、一度それが脱ぎ捨てたポケットから逃げ出して大広間の真ん中をうねっていくのを仲居さんが見て悲鳴をあげ、徳利の載った御膳ごと落として逃げていったことがあった。大の字全裸親父といいヘビの逃亡といい、困った団体客の極致をいっていたのだろう。

大宴会が終わると小部屋に集まり、みんなお待ちかねの余興があった。Mという好き者がいて、この人が8ミリのブルーフィルムを集めていた。今のなんでもありのインターネット時代には「おもちゃ」みたいなものなんだろうけれど、当時はそれが唯一のホンモノのポルノだった。

Mはアメ横の裏でそれらのフィルムを手に入れてきたが、新作はけっこう高いので、その年の幹事役を口説いて新作一本分のフィルム代を社員旅行の経費でオトシテもらっていた。その代わりMは自分で8ミリの映写機を持ってくるのだ。

秘密映写会は十一時ぐらいに開かれたが、酔いつぶれたもの以外はみんな集まっていた筈だ。

一本十分ぐらいのものだが、我々若いもんは初めて見たから異様にコウフンしていた。しかしあるとき旅館側からモーレツに怒られた。その日、部屋で白いところは障子しかなかったので、そこに映したのだが、その障子のすぐ向こう側は廊下で、映像は左右反対になるが、そっくり廊下を行く人に見られてしまっていたのだ。お湯あがりのオヤジ客が五、六人見物していたらしい。訳を知らないから「イキなサービスをする旅館だなあ」などと思っていたのかもしれない。思えばおおらかでいい時代だった。Mさんはぼくよりずっと歳上だったがまだ元気で見ているのだろうか。

つい最近の保養所泊まりで、まあこんなふうに思いがけないむかし話を思いだしてしまった。

今回ぼくは最新鋭の電気マッサージ機を堪能した。しばらくあのようなものはかえって体のあちこちの筋をおかしくしてしまうのではないか、と敬遠していたのが、今はハイテクになっていて、痒(かゆ)いところというか、凝っているところにくまなくテが届くのですなあ。とくに「ふくらはぎ」のところをぐいぐい締めつけられるのが気持ちよく、いい温泉旅なのであった。

胃カメラ飲みつつ考えた

　ときおり、梅雨のさなかにいきなり暑い日がくる。そういう本日、胃カメラをぐいと飲んできた。いや、こんな書き方をすると胃カメラもビールと同じようなものになってしまうかもしれない。ゴジラではないので胃カメラは消化できず吐きだしてきました。いや、本当はむこうがゆっくり外界に去っていきました。なんだかわざとややこしい書き方をしていますな。

　胃カメラは体内探検隊みたいなもので、食道から胃のあたり、いかにも問題がありそうな秘密の洞窟みたいなところをあちこち覗（のぞ）きまわっていた。そういう状態になりつつ「人間というものは本来はこんなふうにカメラなんかを飲み込んではいけないんだよなあ。人間なんだもの」などということを必死に考えていた。

　今は鼻の穴から入るぐらいの細さになっているけれど、むかしの胃カメラおよび大腸などをさぐるファイバースコープなどはもっと太かったらしい。もしかしたら物干し竿（ざお）ぐらいあったのかなあ、苦しかっただろうなあ。

『胃カメラの発達と歴史』などという本が出ていないだろうか。無事生還したら探してみよう。などとさらにいろんなコトを考えて目下の状況を忘れようとしていた。

さいわいその日のわが体内に怪しいモノが潜んでいることはなかったが、最近、わが友人に続けざまに喉周辺のガンが発見され、気になってもいたので、今回なにも問題なくて嬉しかった。その夜は胃カメラよりおいしいひえひえビールを飲みました。

検査したのは白金（しろかね）にある北里研究所病院というところだった。検査前にロビーで「これから胃カメラだ。やだなあ。帰っちゃおうかなあ」などと考えながらボーッとしていたら、美しい女医が歩いてきて軽く笑顔の会釈をして診察室に入っていったので思わず呆然（ぼうぜん）としてしまった。女医とかナースが死ぬほど好きな友人の西澤トオル君だったらそのまま後ろにひっくりかえって骨折入院してただろうな。そう思っていたらそのあとたて続けに美しいナースがやってきてまた驚いた。西澤君だったらもう五、六回ひっくりかえって複雑骨折したに違いない。

この頃よく感じるのはむかしと比べて女性がいろんな専門分野の第一線で活躍していて、ややもすると男よりずっと優秀だったりすることだ。

早いハナシ、わがモノカキ業界も気がつけば文学雑誌など女流作家がいっぱいで、自分が連載しているいくつかの雑誌の目次を見ても知らない女流作家ばかりだったりする。しかも編集者の話などによるとむかしよりは美人の含有率ががぜん高いようだ。こんなことを書くと、実はかなりキケンなのだが、これは編集者が言っているコトですからね。そうなのだった。話を急いで変えると「女流作家」という呼称がそろそろおかしくなっているのである。むしろ今はどんどん侵食されつつある男たちを「男流作家」とカギカッコをつけて表記したほうがいいのではないかと思う。

プロカメラマンにも若い女性が増えてきた。インタビューなどでそれを実感する。しかも写真がうまい。ぼくはインタビューが終わったあとに日頃の遊び仲間と痛飲麻雀（マージャン）大会などをやりたいので、インタビュー場所を新宿の居酒屋にすることが多いのだが、そういう場所で女性カメラマンが大きなカメラを目立たないようにしてノーフラッシュで素早く撮って去っていく。見事なものだ。

コエン・エルカさんという、両親は中央アジア、本人はニューヨーク生まれ。モンタナ州でネイティブアメリカンや狼（おおかみ）（！）などと友達づきあいをしていた、というたいへん神秘的な女性がときどきわが家にくる。その人の著書『生き物として、忘れてはいけないこと』（サンマーク出版）がぼくの座右の書の一冊だ。とても発想を刺激されるからである。

冒頭、男（広くオス）は大人になれない、ということが書いてある。

ある箇所を要約すると「人間を含めて、ライオン、虎、狼、犬、猫、アザラシ……全部男（オス）は大人になれない。からだは大きくなり、いろんなことを夢中でやっているが、それはゲームをするのと同じようなもので、生きることと全然関係ない……」

と、とにかく男はケチョンケチョンだが、我が身をふりかえっても言われてみれば確かにそのとおり、と思うことばかりだ。

「男たちが探検隊などといってジャングルなどに入っていくときあちこちの木をバキバキ倒してやかましく威勢よくいく。するとジャングルの動物たちはみんな用心して隠れてしまい、探検隊はなかなか野生動物などを見つけられない。その点、女性はしなやかな体でするりと音もたてずにジャングルに入っていくことができる。動物たちは自分たちと同じような生物がやってきたのか、と感じるらしいのだ。そして究極は野生の動物たちと親しくなることもできる」

などと語っているところも、エルカさん本人が狼と暮らしたことがあるだけに説得力がある。

この本を読むと、生き物として男（オス）よりも女（メス）のほうがキッパリと勇気を持って賢く生きていける——という指摘がきわだってきて、最近の各分野における女性の活躍もたいへん頷（うなず）ける。

今は海女（あま）が話題になっているけれど、先日海女の写真をテーマにした公開対談があり、なぜ女性のほうがあんなに深く、長く潜れるのか聞いた。

そのあたりの事情に詳しい人が対談相手だったが、深く、長く潜るには「何も余計なことを考えないこと。女性はその点、抜群に集中力がある」ということだった。ぼくもむかしダイビングをしていたが、潜っていくときはいつも恐怖とのタタカイだった。このあと無事に浮上してちゃんとビールを飲めるだろうか、アベコベにサメに飲み込まれないだろうか、などと余計なことを考えすぎていたからだな、と納得した。

もう二十年ぐらい前だが極寒のシベリアを二カ月ほど旅をしたとき、一〇トンぐらいの巨大なトラックやトレーラーをロシアの若い女性がくわえタバコで軽々と運転しているのをあちこちで見て、いやはや「かっこいいなあ」と思ったものだ。なにしろマイナス四〇度ぐらいの凍結した道を走っていくのだ。そして最近は日本でも大型トラックを運転している若い女性を見るようになったものなあ。

大型客船の乗組員として半年間ぐらい世界の海を渡航していくダイナミックな日本人の女性に知らない海の世界のいろんな話を聞いたこともある。むかしは想像もできなかった「女船乗りシンドバッド」である。これからの日本はますます元気のいい女性の時代になるような気がする。

ついにやった運命の九・五

前回書いた人間ドックの続き。当然、今回は解決編というか、課題編というか、対策編というか。もうこの歳になると検査の全てで無罪判決を勝ちとることはできないわけで、人生的な「ツケ」がいろいろ出てくる。年配読者にはいくらか役にたつ情報もあるかもしれないので今回はその特集ということにします。

当然ながらいい結果と悪い結果がある。

最初は、身体検査であり、ここではいい結果だった。体重が二キロ減り、ウエストも二センチ減って七九センチ。高校生の頃の数字になっている。身長との比率でいくと痩せ型になってしまった。

血圧も正常。六年ぐらい前までは必ず「高血圧」を指摘されていて降圧剤を飲むことになった。毎日決まったクスリをかならず飲む、というのは煩わしいものだ。

あるとき「生のタマネギ四分の一ぐらいをスライスにして毎朝食べるといい」とタマネギの専門書かなにかに書いてあったのでそれをやることにした。

注意すべきは洗わないこと。洗うと効力の半分は流出してしまうというから注意が必要ですね。実際タマネギなんて薄皮をとってしまえば洗う必要はない。スライスして十五分以上空気に触れさせておく。なにやら「おまじない」みたいだが、酸素に触れることによって、降圧のための酵素が発生するらしい。

これは八〇パーセントぐらいのヒトに有効である、と書いてあったが、ぼくはその八〇パーセントの中に入っていたようで半年ぐらいで魔法のように効果がでた。まだなにかの精神的な動揺などで急に血圧が高くなることもあるので、用心して薬は手元にあるが、もう日常的にクスリを飲まなくなって三年ぐらいたつ。これは高血圧の人にお勧めします。ただし適性八〇パーセントの壁がありますがな。ついでながら生タマネギの食べ方について。あれは固有で非常に辛かったりするのがあるので、ぼくは粒になったトウモロコシとトマト、野菜などと一緒にして毎朝食べている。ただしツレアイがよく外国に行くので、そのときは自分でやるのが面倒になってしまう。ついでに、コンブを一晩つけておいた水を喉が渇いたときに飲むのもよろしいようだ。コンブはそこらのダシコンブでいい。小ぶりの広口瓶に何本か折ってつけておき三、四日分作っておくと楽ですよ。トローリとしていておいしい。これも本で読んで知った。何にいいのか忘れたがたぶんカラダにいいのだ。

肝臓のガンマＧＴＰは一六〇以上で予想どおり。なにしろ毎日サケをしこたま飲んでいる。この三年間ぐらいの単位でみると風邪で熱が出て飲まなかったのが通算六日ぐらいあったが、それ以外は三年間確実に毎日飲んできた。律儀なのである。だからこの数値は常に正常値よりは高い。あたりまえだ。しかし肝臓関係のその他の数値は正常なので肝臓に関してはまあ大目に見て「問題なし」の結果だった。仮釈放というかんじ。腎臓、肺、前立腺その他の内臓諸器官異常なし。

糖尿はいやなのでこの数値を見るのがいつも心配だ。問題なのはヘモグロビンの値だ。病院からの報告では値が基準を上回って要注意との指摘になっていたが、あとで主治医に細かく調べてもらった。国際的な基準値が以前よりも厳しくなってからそういう指摘になったが、常識的慣例的にこれは問題ありません、という「判決」が出た。執行猶予つきでない、というところが嬉しかったですね。

なんとなくプロ野球の「統一球問題」を連想してしまった。どこがどうなのか、というのはよくわからないのだが。

悪玉コレステロールより善玉コレステロールが上回っていた。これは検査した病院の医師の最終診断のときも、あとで主治医にくわしく分析してもらったときも「よしよし」と評価された。珍しいケースという。

このコレステロールの善玉、悪玉というのが具体的に体のなかでどう作用しているのか、いまだにいまいちよくわからないのだが、とにかく「悪」より「善」のほうが勢力が勝っているのだ。時代劇でいうと水戸黄門が勝った、ということなのではないのだろうか。なんとなく毎日の運動なども関係しているようだ。ぼくはサラリーマンの頃から本当にバカのひとつ覚えのように若い頃やっていた格闘技系のストレッチや筋肉運動を今日まで毎日続けているのでいまだに筋肉質である。どうやらこれがいい作用をもたらせているようだ。一日ほんの十分から十五分、自宅の「床と闘って」いるだけだが、毎日欠かさず、というところがタマネギ問題と同じで大事なところらしい。実際ぼくの性格は「決めたらやる」というのが唯一の自己評価点だ。サケを毎日飲む、と決めたらどんなことがあっても飲む、というのもそのひとつ。

食道、胃の内視鏡検査ではとくに大きな問題はなかったが、もしかするとピロリ菌がいるかもしれない、と言われた。ピロリ菌。というの時々聞いてましたな。

若い友人にピロリ菌の親戚であるペロリ菌の保持者がいて通常の人間の五倍食べるが、ピロリ菌は放置しておくと最終的に胃ガンを誘発したりしてよくないらしい。いまの中高年の七〇パーセントはこの菌を保持している可能性があるらしい。菌だから目に見えないが写真をみると繊毛みたいなのが生えていていかにもあくどい「ムシ」の形をしている。体内を循環している善玉コレステロールの先生にお願いしてやっつけてもらえないだろうか。実際には薬で簡単に退治できるらしいから今度存在の有無を調べてみることにした。

今回最大の問題は「尿酸値」だった。例のプリン体問題である。ビールがもっともキケンだ。ぼくが毎日しこたま飲んでいるのがビールであり、サケの肴(さかな)もプリン体の多い確信犯ばかり。尿酸値はこれまで六・五から七・五ぐらいの「高値安定」でずっときていたが、今回ついに「九・五」という過去最高値をだしてしまった。オリンピックの体操なんかだったら「やったあ」だが、こっちはそうはいかない。「やっちまったあ」。

しかし。丁度その前後に「世界初！　プリン体0・00糖質0」というビール（発泡酒）が発売された。運命を感じた。

このまま麦芽一〇〇パーセントビールを飲み続けていると確実に「痛風」の朝がやってくるだろう。だから翌日からビールを切り換えた。よく冷やして飲めばけっこうイケル。いままでが贅沢(ぜいたく)すぎたのだ。八月まで続けて再検査する。「再診」いや「再審」逆転判決だってある！　最高裁もある！

ああ、あくまでも暗い七月

七月になった。毎年思うのだけれど、どうもこの月は存在が曖昧である。一年の後半のスタートでありながら、態度がはっきりしていない、という第一の問題がある。

しかしこれはひとり七月だけの問題ではなく、七月を迎える我々の側にも責任がある。「何もしてやらない」

ではないか。一月は一年のスタートだから一日は元旦などといって特別扱いし、NHKをはじめとして世の中は大騒ぎ。三日間も国民は続けて休んでしまう。そのためやたらこの日が目立っている。

それにくらべて、後半戦のスタートである七月一日に対して我々は何かしてやったか。何もしていないのである。

野球だってサッカーだって将棋だって大相撲だって「後半戦」のほうが大事な場合が多い。とくに相撲は「勝ち越し」がかかっている。給金に大きく関係してくるのだ。

それなのに多くの国民はきわめて安易に七月を迎えてしまう。

新聞などが目下話題の人に「今年後半の抱負を聞く」などという特集を組んだことな

ど一度もないではないか。そのためかなりの人が七月に入ったのを気がつかずにいたりする。ひどいではないか。

七月にも反省すべきところはある。

さっき曖昧と言ったのは、たとえば「梅雨」との関係である。これは背後に旧暦という暗黒世界が介在しており、七月だけの責任ではないのだが、むかしの本など読むと、七月は完全な「夏」であり、あのじめじめした「梅雨の六月」から脱却している描写がある。しかし実際には今の七月というとたいてい梅雨はまだ終わっていなくて、むしろ七月あたりから梅雨本番になる、などという年もあるくらいだ。

だから七月は六月の「子分」ではないか、というような認識を持っている人もいる。ひとことで言うと世間的にいって七月は「月」として独立していない、という印象があるのだ。「じめじめの六月」と「カァーっと太陽が照りつける八月」のあいだにある月、というところが曖昧さを決定的にしている。そのためだろう、地方によっては「ながーい六月」とか「早めの八月」という言い方をするだけで七月を知らないところがある。

「ばかにすんな！」

と言って七月は本当はもっと怒ってもいいのだが、元来おひとよしで気が弱い月であるから、忘れられていてもだまって静かに笑っている。ここのところが見ていてやるせない。もどかしい。

七月の大きな行事は「七夕」である。この日は彦星（牽牛星）と織姫（織女星）が一年に一度の逢瀬を迎える大事な大事な日である。その一年のあいだ互いに近況を知らせあうこともできず、ひたすらこの日だけを待っているのである。

いまどきの幼稚な恋人みたいに一時間ごとに携帯電話で「いまなにしてる」なんて連絡しあい、一日会わないでいると「ユメちゃん、もう死んじゃう」なんてアニメ声で言ったりしている。そのくせ今どきの恋人らは半年もたたないうちに別れてしまったりするのだ。その点、彦星と織姫は互いに一年のあいだ逢いたい気持ちを抑えながらじっと我慢して七月七日だけを待って、（たぶん）もう千年ぐらい毎年そのたった一日の逢瀬だけを目標に生きているのだ。けなげではないか。いじらしいではないか。

人間たちは七夕をして祝ってあげるが、この七夕がまた地味なんだなあ。竹笹にいろんな飾りや願い事を書いた紙をくくりつけて並べるだけ。ところによってはそれだけで暇なヒトが集まってきて商店が繁盛するというが、太鼓や笛の音が聞こえるわけでもなく、神輿が練り歩くわけでもなく、あれのどこが面白いのだ、とナマコはここでもまたいちゃもんをつけるのである。それでもって七月七日というのはまあ毎年梅雨が明けていないことが多いから夜空が見えるなんてことはめったにない。あくまでも地味なのだ。

そこで提案したい。

大きな御簾を四方に垂らしたふたつの輿の中に彦星と織姫が別々に入っている。それを大勢の人々が担いで練り歩く。東のほうからと西のほうから（北からと南からでもいい）その輿がやってきて、出会ったところで両者激しく揉み合い、やがて辛抱たまらず彦星が織姫の輿のなかに入っていく（逆でもいい）。そうして小一時間両者の入った輿はさらに激しくあちこち練り歩き、やがて上気しヘトヘトになった彦星（逆でもいい）が自分の輿に戻っていく。

なんてのはどうだ。

じっさいに男神輿と女神輿が一年に一度の逢瀬を人間たちが介添えするという「お走り祭り」というのが兵庫県養父市にあり、見にいったことがある。それぞれ相当に離れたところにある村の神社から男神輿と女神輿が担ぎだされ、双方野を越え山を越え川を渡って走って逢いにいくのである。したがって双方が出会う中間の神社での興奮度合いといったらそれはもう激しいものだった。

七夕まつりをもっと感動的かつ勇壮かつ官能的にするためには、人間たちはそのくらいの介添えをすべきだろう。そうしたら五月の浅草三社祭や八月の東北三大祭にも負けないくらい派手で賑やかな七月になれる。「笹の葉さーらさら」なんてのを歌っているだけじゃ七月は永久に地味月で終わってしまうのだ。

七月の歳時記のようなものを見ると七月二日は「半夏生」などと書いてある。なんか半分だけしか飲めない中途半端な生ビールみたいでおまけにぬるいような気がする。どうも困ったものだ。「半夏生」をくわしく調べてみたら「この時期は天から毒気が降る、とか地面が陰毒を含んで毒草が生える。だから井戸にも蓋をした」などとやっぱりろくでもないことしか書いてない。それでもって「お盆」だ。いまは八月の月遅れの盆のほうがさかんだが、もともとは七月十五日の盂蘭盆会が正式だった。死者が帰ってくるのである。だからこの頃は精進料理を食べ、みんなじっとしているのである。ああ。あくまでも地味で暗い七月。

ひとつだけ明るいんだかどうだかよくわからないけれど最近提唱されているのが七月七日は「ポニーテールの日」なんだという。織姫がポニーテールだったからだというが、日本中の女がポニーテールになっていたりしたらかえって怖いんじゃないだろうか。

その点、アメリカは七月四日が「独立記念日」。フランスは七月十四日が革命記念日。つまり「パリ祭」である。なんかとことん負けているんですなあ。日本の七月。

ソーメンと世界遺産

前回、さんざん七月の悪口を書いた。論旨は梅雨と共犯で、七月はとにかく存在感のないろくでもない月だ、といういちゃもん特集だ。

七夕などといってもまだ絶対梅雨は明けず、どうせ例年どおり前半はジトジトびしゃびしゃ雨の陰気月なんだろう。

というようなことを書いていたら、なんと一夜にして雷鳴ドシャブリとともに梅雨は「おわりーッ」と叫びギラギラの太陽がでて本格的な夏になってしまった。

思えば季節がこんなふうにページをめくったら変わってたなんていう体験、ぼくの記憶のなかにはない。ぼくの二ページにわたる「悪口誹謗」にまさに天が怒ったという印象で、ぼくは屋上でアマガエルと化してひれ伏し両手をついて、空に向かって深くお詫びしたい心境だった。

そして一夜にして、今年も灼熱の夏がいらっしゃったのを丁重にお迎えして、わが軽率をお詫びするとともに何か冷たく冷えた「氷水」などをお出ししたい心境だ。本当に失礼してしまった。怒りを抑えた夏神様の側近筋からチラチラ聞く情報では、今年はことのほか暑い、というではないか。

季節の好みとしては、ぼくは夏が一番好きであるから結構なことなのだが、夏が好きだ、というのは世代、年齢的なベースが関係していて、あれはやはり若い人が語るべきセリフなんだろうな、という分別のようなものを昨今、じわじわと感じている。

そうだよなあ。

夏だ、海だ、山だ、川だ、生ビールだ！

などと騒いで違和感のないのは若者らで、いいじいさんがいつまでも夏だ、海だ、山だ、川だと言っているのはいかがなものか。

むしろ、あづい、食欲不振だ、消化不良だ、スイカは種が面倒くさい、電車の中で汗のついた腕で押すな引っ張るな、といろいろ愚痴が絶えないような季節的不満感がある。だから基本的に本格的な夏になるとこの数年、ぼくはあまり外出しないことにしている。

さいわい、長年かけて複数の微細な冷房システムを組み合わせて、冷えすぎない程度にしかもほどよい風がとおりぬける一定温度空間を作ることができたので、こういうときこそ、本来の原稿仕事に集中することにしている。今年は、「月刊シーナマコト」と化して毎月ぼくの新刊が出るので、否応（いやおう）なくデスクワークが優先するのだ。

そうして楽しみは昼ごはんのソーメンである。今年の夏はめずらしくツマがずっと日本にいるので朝のうちにそういう注文をしておくと、日本で一番うまい「ソーメン」が食える。

「麺類命」と背中に大きく旗を立てていた頃は、夏はそこらの店で「せいろ蕎麦」「冷やし中華」「大根の辛み蕎麦」と決めていた。メニューにあっても絶対頼まないのが「ソーメン」もしくは「冷や麦」だ。町の食堂で出す「ソーメン」はなんであんなに不味いのだろうか。たいてい茹ですぎ、なんといってもタレがケミカルそのものでバカヤロ的に不味い。上にのせてある缶詰のみかんやサクランボの意味を説明しろ！

でもってソーメンの量が不当に少ない。まあ、不味いんだから少なくてもいいんだが、人生かけて得た教訓は、街の店屋の「ソーメン」は絶対に不味い、というニュートンも頷く法則である。その点、わが家のソーメンは「だし」が念入りである。たいてい二種類作られる。「しいたけ」系と「コンブ、かつおぶし」連合系だ。だしは前の日から仕込んで、冷蔵庫に冷やしてある。ソーメンは、その日の気分に合わせて四、五種類用意してある。具はワケギ、もしくは普通のネギを細く切ったもの、油揚げをカリカリに炒めて蕎麦ぐらいに細く切ったもの。茗荷、紫蘇、葉唐がらし、薄焼き細切りのタマゴ焼き、海苔の細切り、皮を剝いて煮たナスの細切り、かしわの細切り、しいたけの細切り。まあだいたいこのように「関東細切り一家」を勢ぞろいさせる。あくまでも薄味にとってあるよく冷えたダシに、決め手の「ウメボシ」を少々。

これで、その日のアツアツアヂアヂの夏の正午は、室内の鑑賞樹木にかかっているスズムシ的チリチリ風鈴の音のなかで至福の時間を迎えられるのだ。

ぼくはもうこの「ソーメン」しか食べられない人生（余生）になってしまった。

それというのも、夏が例年通り「どうだ！」といってやってきてくれたおかげです。

しかも太陽のお供のものに聞くと、今年は勢力が強く暑い！　という。台風なんかだと中型で勢力は並、とか小型だが強い勢力で迷走気味、などという予報があるが、ことしの夏は大型で（とすると例年より太陽が大きいのだ）熱風熱射あくまでも情け容赦なく、場合によっては野原も山も燃え尽くされるだろう、という。

夏を何度も体験しているぼくは「まあようござんす」という気持ちである。こっちだって大量の「ソーメン」のタレを作って待ちかまえているのだ。

話変わるが、富士山が世界遺産になったというのでマスコミはこのあいだから殺到する富士登山の行列を報道している。エベレストも天候条件のいいときはピークに向かって行列ができ、登頂の順番待ちになっているが、新聞に出ているあのアリの行列のような「にわか富士登山の列」を見ると、頂上における「押すな押すな」状態がおそろしい。

エベレストだともう三十回ぐらいは往復しているベテランポーターらが登山客をマンツ

ーマンで守るからまだ富士山より安全なところがある。

でも群集心理で押し寄せる富士登山客に、富士の荒々しく急変していく気象がいちどきにあの大量の登山客を襲ったらどうなるのだろうか、というのが夏本番を伝えるニュース写真の一番怖い印象だった。

かつてぼくは秋田県と青森県に跨(また)がる白神(しらかみ)山地の、とてつもなく乱暴なスーパー林道(一年に三カ月しか使えない道路)の建設に反対するため春夏秋冬、あの山塊に入って抗議キャンプをしていたが、あれも後年「世界遺産」に登録された。その頃から「世界遺産」っていったい何なのだろう、という疑問を持ちはじめた。

これからさらに世界のいろんなところが「世界遺産」への登録競争をくり広げていくのだろうが、そんな地球のあちらこちらのピンポイントをどうこうするんじゃなくて、地球という惑星全体を「人類遺産」として次代にきっぱり継承していくのがいちばん大切なんじゃないか——とソーメン食いつつ考えていたのである。

オヤジ十人関西遠征隊

三日続けて各地に行き、ヒトサマの前でナニゴトか申しのべて自分の新刊本を売る、という、これはよく考えると「フーテンの寅さん」のようなことをしていた。

フーテンの寅さんはそこらで仕入れてきたいろんな品物を面白い口上とともに売るのだから聞いているだけで楽しいわけだが、こっちは自分の書いた本だけ売るのだから始末が悪い。おまけにその本は四月に出た『ぼくがいま、死について思うこと』という題名の本だからのっけから話は暗い。なにしろチベット密教のお経（なむあみだぶつ＝オンマニペメフム）を最初にみなさんに聞いてもらったりしていたからなあ。

一時間なので世界のちょっと変わった葬儀、たとえばそのチベットの鳥葬やモンゴルの風葬などのやりかたを話し、葬式とか墓なんかいらないんじゃないか、という強引な結論にもっていった。新宿の朝日カルチャーセンターのことでありましたよ。まあ新刊が出るとその作者は責任をとって販売促進業務に協力しなければならない。終わったあと近くのビアガーデンに移って新潮社の編集者らと死ぬまでビールを飲もう、というタタカイをしたが誰も死にきれなかった。

翌日から旅に出る。

日頃からコトあるたびにつるんでいる男たち約十名と、多目的仕事のような、でも遊びのような、しかしよく考えればやっぱり仕事は仕事だぜ、という、どうも歯切れの悪い連続いろいろ旅だった。

まず最初は大阪梅田の「アサヒ　ラボ・ガーデン」というアサヒビールの多目的なイベントホールのようなところで、やっぱり大勢のヒトサマの前で話をする。これも新宿と同じような趣旨で今月出たばかりの新刊『おれたちを笑うな！　わしらは怪しい雑魚釣り隊』（小学館）の出版記念を兼ねての催しだった。アサヒビールの高級サーバーが今すぐ冷たーい生ビールを噴出したい、という雰囲気が見てとれたので、アサヒビールのご好意で参加者全員無料で生ビールを飲みながら、という状態になり、前日の「死」の話のときとはずいぶん雰囲気が違う。おれと一緒につるんでいる男たちはその〝雑魚釣り隊〟のメンバーなので「とうちゃんだけ働かせるな」といって全員ステージに上げて労働を分散させた。ビールが入るとけっこうみんな陽気に面白い話をするのでおれは黙って生ビールをずーっと飲んでいればよく、前日よりずいぶん楽なのだった。

話が終わってからサイン会。

そのあとは大阪にいる仲間十人ほどがさらにそれに加わって梅田のお好み焼き屋で

「打ち上げ」をやった。話に聞いていたが、大阪の人は本当にお好み焼きなんかでサケ飲んでますのんやなあ。なにか言葉遣いに間違いがあったかもしれないが、東京もんにはあの重厚な、最初から脂ギトギトボテボテの「食物」で「サケを飲む」というのが本当はよくわからないのよ。あれはそうとうハラへったときの弁当のおかずにはいいかもしれないが、かたわらにあるのはビールでっせえ。

まあお好み焼きごときで大阪の人をテキに回すのもアホやから、おれは早めにホテルに去った。なにしろ翌朝三時半に起きねばならないのだ。

翌日からは『週刊ポスト』の月一回の連載取材で、和歌山に近い港から朝六時の釣り船で沖に出る。今日の仕事は漁業なのである。

やはり寝不足気味だし、連日ヒトサマの前で（話のようなこと）をしているから神経も疲れている。釣り場に行くまでの一時間半ほどのまどろみがここちよかった。

その日は五目釣りがテーマである。大きなアジ、関西ではチャリと呼ぶ小さなタイ、巨大なシロギス、ギザギザ怪獣のカサゴなどが狙いである。餌はおれの大好きなイソメ（ミミズ状態のに百本以上の脚がもぞもぞしている虫）の一本がけ、針はひと竿に三本。おれの大好きなイソメがバケツの中で三百匹ぐらいからみあい「イソメダンゴ」という世にも醜怪な状態になってぐにゃぐにゃしている。そこからイソメをひっぱりだしイソメに「アーン」しなさい、といってそのお口に釣り針をぶちこむのだが、胃カメラじゃないんだから誰も進んで「アーン」なんかせず、逆にこっちの指に噛みついてきたりする。したがってぐねぐねしてなかなか針が刺さらない。

この下準備が面倒なのだが、竿を海に出したらもうこっちのものだ。おれにもいろいろかかってきた。四〇センチぐらいあるアジが二本かかってきたとき関西がいっぺんに好きになった。

かなり沢山の種類の魚が釣れ、全部で百本はくだらない。それをそっくり民宿に持ち込んで夕食のおかずに頼んだ。これじゃあ民宿は手間ばかりかかって儲けにならないじゃないか、と心配したが我々の仲間の一人がその宿の息子、という友好関係ができていたのであった。まあこのへんのくだりは『週刊ポスト』連載にくわしく書くことになるわけでありますな。

ばかなおれたちはめしが終わっても延々とサケを飲み続ける。麻雀などをやる。おれは少し早めに寝ることにした。おれの部屋にはどこから入ってきたのか蚊が五、六匹、小さなクモが三、四匹いる。蚊とり線香はないので、この両者でたたかって相打ちしてほしいと願いつつ、仲間たちの夜中の喧騒を聞きながら眠った。

翌日は梅田の紀伊國屋書店で午後二時からサイン会。その前にめしを食っていこう、ということになった。思えばおれは朝飯を食わなかったのだ。ハラへった。

　みんなで梅田近くの食い物屋横丁のようなところを歩くが十人のオヤジが入れる店はなかなか見つからない。「煮干しラーメン」などといううまそうな店には行列ができていた。おれは行列までするのだったら食わなくていいや、といつも思っている。

　ようやく一人が「つけめん屋」の二階に十席のあきを見つけてきた。

「冷しつけめん、とんこつ醬油(しょうゆ)ダレ」というのを注文したが、コレつくづくまずかったなあ。本当に冗談のようにまずかった。浪速(なにわ)の人はこんなもので七百六十円とられて怒らないのだろうか。店から出ると競馬の馬券握ったオヤジがおれの顔を見て「おっ、あんたの読んでるよ。『大スポ』のケンカとクソの話読んでるよお」と声をかけてくれた。こういうのはいいなあ。やる気になるなあ。

　最後の仕事は紀伊國屋のサイン会。今回のこのサイン会三連戦は、久しぶりに自分の本の読者の顔を見ることができたから、それなりに緊張したが結果的には楽しかった。

　二十年ぐらい読んでくれている読者がかなり多い、ということを知ったのも大きな収穫だった。長生きして下さいね、といわれちゃった。いろんな意味がありそうだ。

パーティ会場でのある出来事

先日ある出版記念パーティがあった。場所は天井の高いちょっと変わったレストランだった。

ある先鋭化されたイデオロギーを基盤にする出版物の発刊を記念する会だったので、いわゆる文芸ものの「ほにゃらけた」本の出版記念パーティとは出席者の顔ぶれもだいぶ違って見慣れない人が多い。

ジャーナリストが多いようで、初対面の人がたくさんいた。全体になかなかいい感じで進行していたが、ＢＧＭがやや大きく、会話するのに普通の声では聞き取りにくい。ちょっと日本人離れしたエキセントリックな気配のする中年の女性に声をかけられた。名刺を交換する。会話がはじまる。背の高さが違っているのでかがまなくては話がよく聞き取れない。名刺の名に見覚えがあった。小さな写真が数点名刺の裏に刷り込まれていて、外国のステージのようなところでアメリカ人らしい女性から何かの表彰を受けているようなカットがある。

「わたしは監獄に二十五年いました」

女性はそのように言った。

すぐにピンときた。数年前に日本と世界の監獄についての本を集中して読んだことがあり、そのなかに日本とアメリカの監獄に長いこと収監されていた日本人女性の本があった。凄絶な記録だった。

その日のパーティは周囲が騒々しくて彼女の言葉の微妙なニュアンスまではうまく摑(つか)めないようなところがあったが、これは貴重な体験をしている人と出会った、という緊張感があった。確か麻薬がらみのおとり捜査で、冤罪(えんざい)に近いような発端だったが、アンラッキーな要因が次々に重なって、不当に長い収監が続いたのである。途中脱獄事件も起こし、収監はさらに長びいていったのだ。よほど強い精神力がないと人間の芯の部分が折れてしまうような体験談で貫かれている。

「大変な二十五年間だったんでしょうねえ」

ぼくは驚嘆と称賛をこめて言った。

「ええ。でも……ですから……」

「……」はBGMや周囲に重層する声で聞き取れない。

「ぼくはあなたの本を読んだことがありますよ。そのご本人に会えるとは」

ぼくの言ったことがそのまま相手に聞こえたのかどうかわからなかった。それに答えてくれた彼女の言葉も次の人のガナるようなスピーチでかき消された。そして別のスーツ姿の男が強引に我々の真ん中に自分の名刺を差し出してきた。ぼくはその女性の話をもっと聞きたかったのだが、パーティの席の会話などたいていそんなものだ。

自宅に帰り、監獄関係の本を収めてある棚を眺めた。さっき名刺を貰って覚えていたその女性の本はすぐに見つかった。

けれど、その本は「ぜったいあれだ」と見当をつけていた監獄収監記とは別のものだった。ぱらぱらやって、すぐにぼくは大きなカン違いをしていたことに気がついた。長期間収監されていた女性はまったく別の人で、その日会って話をした人は、刑務所を二十五年にわたって詳細にルポし、たくさんの写真を撮っているジャーナリストであった。ある雑誌に監獄関係の本を紹介するときに、ぼくはその写真ルポの本にずいぶんお世話になったのである。その本のなかほどに日本の女性刑務所の取材がある。見開きのページいっぱいに女囚がみんな明るい色の浴衣を着て盆踊りをしている写真があって不思議な感動を覚えた。

日本中の刑務所を訪ね、詳細にその中の世界、囚人の生活などを写真にとらえ、文章にしているのだ。よくここまで入り込んでいったものだと思われる骨太の内容で、これは日本で一番くわしく刑務所の内側を紹介している本だろう。二十五年の苦労が伝わっ

てくる。あのパーティのとき、

「大変な二十五年間だったんでしょうねえ」

と、ぼくが言った言葉はそれほどハズレてはいなかったのだ。

ぼくがそう言ったとき、彼女は頷いて、まあ大変ではありました、というようなことを答えてくれたように思う。ぼくはカン違いしていたが、その場の会話としてはそれで成立していたのだ。

それにしてもぼくがさらに続けて「二十五年間も捕らわれたままではさぞかし辛（つら）かったでしょうね」などと聞かなくてよかった、とあとになって思った。その意味ではあの会場のうるさいＢＧＭと周囲の騒々しい会話の重層に助けられたのかもしれない。

でも、いま思うに、やはりそういうカン違いはその場であきらかになっていたほうがいい。そうしたらぼくは自分の単純なカン違いを詫び、今度は外界から本質的に閉ざされた場所で、おそらく監獄側のかなり厳しい制約を受けながら写真を撮り、収監されている人々から話を聞くという、その女性ジャーナリストの仕事の厳しい現場の話をもう少し詳しく聞くことができただろうからだ。

この日のこうした小さな齟齬（そご）をソノせいにするわけではないが、それにしてもパーティ会場のあの大きなＢＧＭにはどんな理由もしくは効用があるのだろうか、というぼくの長年の疑問がこの日の体験でさらに深まった。

おそらく会場の誰もそんな音楽など聞いてはいないだろう。かえってやかましい音楽があるから全員の会話のボルテージが高くなり、さらにやかましくなるだけだろう。気がつくと天井あたりから静かにバロック音楽が流れているだけ、というふうなしつらえでは駄目なのだろうか。それだったら、会場の人たちの会話は、そこらの居酒屋の酔っぱらい親父集団のようながなり声などにはならない筈だ。

おしなべて日本はパーティのやりかたが下手なのではないかと思う。その日も用意されていたが山盛りの各種料理。あれは本当に必要なのだろうか。本来ああいうものを食っている余裕はあまりない。なぜなら設定された時間の半分ぐらいは挨拶だの来賓スピーチだのちょっとした会場イベントなどで過ぎてしまうからだ。

ああいう会場で何か食っているよりは、そんな会場でなければ出会えないような人との会話のほうが重要なのではないかと思う。

もっとも辟易（へきえき）するのは、そのパーティに本来なんの関係もない音楽バンドが現れて、強制的に何か聞かされる、というやつだ。

ロックなんかは論外。近頃はやりの和太鼓集団のお披露目とかいうやつも本当の話、ただやかましいだけだ。だってロックや太鼓を聞きにその会に行ったわけではないからである。まあこのへんのことはこのカン違い話のとばっちりに近い「いちゃもん」のような気もするが。

単行本あとがき

ナマコもこの暑い夏、海の中でゆだっていながら相変わらず「からいばって」いました。週刊誌の二ページエッセイがこのような単行本にまとまるまでたいていい一年ちかくかかります。つまり年刊です。

こうして一冊にまとまった原稿を校正という仕事で通して読むと、ぼんやり暮らしていた一年があっという間に過ぎてしまっていることを今さらのように気づき、相変わらず自分は一年たっても何も成長していないなあ、と夜中の月など眺めて思っているわけです。

いま、この「あとがき」を書いている日は、この暑かった夏の残暑がまたぶり返し、表にでるとヘトヘトな気分になるギラギラ日です。そうしてよく考えると、今年ぼくは一度も海にもぐっていないのでした。若い頃から潜水がすきだったので、夏は必ずどこかの海に潜っていたものですが、ぼくもいよいよ一度も海に潜らない夏を迎えるようになったんだなあ、と不思議な気持ちになっています。だから今年はついに海の底に自然に横たわっているナマコ君を見ることがなかったのです。悪かったなあ、と思っています。

二〇一三年八月

椎名　誠

あとがきにかえて

えー、この本の書名について大相撲中継のようにして説明します。

題名は「ソーメンと世界遺産」となっていますが、元本（文庫本になる前の単行本のことね）を読んだ読者から「『ソーメン』も『世界遺産』も本書のたった一篇にしか書かれていないではないか」という指摘があり、協議の結果「ソーメンを世界遺産に」としたほうがいいのではないか、という指摘もあり、検討しましたが「それとてとくにそういうコトが書いてあるわけじゃない」という指摘もあり、どうしていいんだかわからなくなり、行司差し違いによりとりなおし、ということになりました。

この場合の「とりなおし」というのは違う書名に、ということでもあり、「ソーメンと世界遺産」といういいかげんなタイトルをつけていいのなら「ターザンと甘納豆」とか「キングギドラとめんたいこ」などというほうがさらになんだかわからなくなり、そのほうが土俵ぎわのうっちゃりのようでいいのではないか、という意見がでましたが、それだとこの本を買ったヒトが「はじめて見たタイトルだから買ったんだけどさー、なかに書いてあることはみんな前に読んだ記憶があるじゃん」などといいだすとまずいんじゃないか、という意見もあり、協議の結果元本と同じにするべきだ、ということになり、行司軍配どおり「ソーメンと世界遺産」という題名になりました。

　というふうに、どうだっていいようなコトを書いているうちに「あとがき」なんてたちまち書き終わってしまうのではないかと思っていたのですが、あんがい書くスペースが多く、これはどうしたものかと協議の結果文庫本の題名に〝文庫版〟というアタマの一文をつけたらどうか、という意見も出て「そうか、文庫版ソーメンと世界遺産」などというタイトルにするテもあるなあ、そのほうがなにか奥深いものを感じるような気がしますなあ。いや、気がするだけですけどね、という意見もあり、再び協議の結果「気がする、というだけの話で気がしないヒトもいるかもしれない」という意見も出て行司差し違いの結果「何も変えなくていい」ということになりました。

　しかし、著者としては、モノカキが自分の著書をなんという題名にするか迷ったり困ったりした場合「○○と○○」というふうにもともと関係ないふたつを「と」でつなぐとなんとかなる、というまことに安易な裏技を知っており、そういうものがアタマにチラチラしていたのも確かなのでした。どうもすいません。

ついでにいうと、この「あとがきにかえて」というのもよく出てくるフレーズで、なぜ「あとがき」にかえなければならないのか、と読者がイカルこともあるのですが「○○にかえて」などと書くと、なんとなく「深さ」のようなものがあるんじゃないか、と錯覚するヒトもいる、ということを知っていました。ついでに「人生」をもちだすと意味なくいきなり「意味」があるようなコトもあります。たとえば「ソーメンだけが人生だ」という書名にするといきなりソーメンに重みが出てきてソーメン問屋はもう大騒ぎ、というようなコトになり「もうやってらんねえ」などといって行司がフンドシをしめて土俵に出てくる、などという事態にもなるのです。そういう混乱が常にこの著者（ぼくのことですが）にはある、ということをわかっていながら、この本を解説しろ、と言い渡された西澤トオル君の「迷惑だなあ」という顔も容易に目に浮かび、すまんすまんといいながら一杯おごろうとただいま新宿方向に逃げようとしているところなのであります。

二〇一七年一月

あとがきだけが人生だ　椎名　誠

解説――「とつげき!シーナワールド!!」改め、「ずんがずんが」誕生秘話

西澤　亨

二〇一三年夏、いつもの池林房でビールを飲みながら、シーナさんが突然言い出した。「雑誌をつくらないか。俺たちがやりたいことを思いっきりやる雑誌。幸い、雑魚釣り隊には編集者もライターもカメラマンもいるしさ。奴らを巻きこんでつくろうぜ」

その時のシーナさんの、こちらを見ずにどこか遠くを見ているような、茫洋とした表情（ああ、この表情、何度か見たことあるなあ）。「浮き球▲ベースボール」（一九九九年）、「新宿某ビル屋上ゲル建設プロジェクト」（二〇〇三年）、「雑魚釣り隊」（二〇〇五年）……。なにか新しい遊びを思いついた時、シーナさんはだいたいこんな顔になる。イメージを一気に膨らませているのか、どの野郎を巻きこもうかと吟味しているのか。そしてビールをグビリと飲んで、ニカッと笑って言うのだ。「やるときゃ、やっかんな」と。

（ああ、やっぱりかなわんなあ……このガキ大将のような笑顔には）

僕はすかさず「やりましょう！」と答えた。ただこの時は「雑誌が休刊廃刊続きの厳しいご時世、どこかの出版社に相談しても創刊は難しいかも知れません。広告スポンサーを引っ張り込んで、最初から収支がとれているような持ち込み企画であれば別かも知れませんが……」と、思ったことも付け加えた。

「分かった。ちょっと考えてみよう」と答えたシーナさんは、それから一週間後の池林房（すべての話はこの居酒屋で決まるのだ）で、「この前の新雑誌の件な、あれ俺の事務所で発行することにしたから」と言った。

これには驚いた。作家事務所（椎名誠 旅する文学館）が出版社になろうと言うのだ。新雑誌を出すことで、ひょっとすると大赤字を抱えてしまうかも知れないのだ。そうまでしてシーナさんが雑誌を立ち上げたいというのであれば是非もない。「やったるけんね！」とビールで乾杯し、その日から新雑誌づくりが一気にスタートした。

編集部はシーナさんと近藤加津哉と僕、メインのライターに竹田聡一郎と齋藤海仁、写真部に齋藤浩と内海裕之、PR担当は天野哲也、広告部に橋口太陽と童夢のバカ兄弟（のちに加藤寛康も加わる）という以上雑魚釣り隊メンバーに加えて、アートディレクターに「本の雑誌」のデザインを手掛ける金子哲郎という布陣。それぞれが本職のプロ集団である。編集部は、椎名誠 旅する文学館オフィス内にパーテーションで囲んで特設し、模造紙に大きく「とつげき！シーナワールド!!編集部」と書いて飾った。

立ち上げにあたっては、「つくり手の俺たちがつまらなくなったら即廃刊」とルールを決めた。「本の雑誌」創刊当時のモットーは「無理はしない。頭を下げない。威張らない」だったらしい。「まあ、それに近いな。だけどスポンサーには頭を下げないとな。広告集めるためなら、どこにだって行って誰とでも会うぜ」と、シーナさんは言った。突っ張るだけでは雑誌は続かない。即断即決即行動、ブルドーザーのようにガシガシと一気に事を運びつつも、その時々、状況に応じて柔らかく対応する。地位も年齢も横に置き、「下げるべき頭は下げるぜ」とサラリと言う。硬軟取り混ぜ、先々を見据えつつ、被るべき泥は率先して被る。これだけのリーダーを僕はほかに知らない。

さて、モットーは決まった。次は雑誌コンセプトだ。僕が提案したのが次のような雑誌。創刊号の発刊企画書に用いた文言はこうだ。

椎名誠が新しいマガジンを創刊します。酒、アウトドア、旅、家族、本、写真、映画、ＳＦ……。さまざまな〝大切なもの〟を包含するシーナワールド。その世界をひとつひとつ特集してお届けします。その名も「とつげき！シーナワールド!!」創刊です。

〝シーナマコト〟と聞いて想起される〝コト〟だけでなく、〝理不尽なものに対する怒り〟や〝仲間をとことん守る姿勢〟や〝尋常ならざる好奇心〟など、シーナさんの生き様を知ってほしい、特に今の若者たちに……。そんな思いも込めている。また、実践的な話をすれば、創刊から一気に認知を獲得したい。そのためにはシーナマコトの名前を冠したい、という僕の目論見(もくろみ)もあった。この「とつげき!シーナワールド!!」という雑誌名に、シーナさんは「うーむ……」と不承不承だったが、最後は了解してもらった(本人、それでも不本意極まりなかったようで、雑誌名は後に変更。これは後述する)。

記念すべき「とつげき!シーナワールド!!」創刊号の特集はシーナさんの一言で決まった。

「ビールだな。それしかあるまい。創刊号の特集テーマは『飲んだビールが5万本!』。これで行こう」

ハナ肇(はじめ)とクレイジーキャッツの「五万節(ごまんぶし)」の歌詞にある「飲んだビールが5万本」。

この時、シーナさんはとにかくインパクトがある特集名を……と考えたようなのだが、後に計算してみると本当にシーナさんは飲んだビールが五万本を超えていることが判明した。十七歳（！）から六十九歳（当時）まで、毎日大瓶三本のビールを飲み続けて五万五千本超え。実際は日に三本では済まないので、六万本は超えているだろう。

そうして二〇一三年十二月五日（木）、「とつげき！シーナワールド!!ＶＯＬ１　飲んだビールが５万本！」が発売された。全国書店売り。定価千四百円。印刷部数は五千部。「本の雑誌」創刊号は五百部の印刷だったと言うからのっけから十倍規模の船出である。

シーナさんはこの創刊号に、単に原稿だけ寄せてもそれでは特筆すべきことがないと考えたようだ。自身の原稿に大量のイラストを描き添えた。描き方は独創的で、「下書きナシ、いきなり描きはじめるんだ。全体の構図がパッと思い浮かんでね。それで細かいところから描きはじめて、やがて全体像になっていく……という感じかな」と言う。イラスト描きに開眼したシーナさんは、以後編集人兼挿絵イラスト担当として大活躍をすることになる（「シーナさん、ここの空きスペースにちょこっとイラストを」「あいよっ」というやり取りが繰り返されている）。

創刊直前にはＰＲのために、「本の雑誌」ホームページで五回に渡って「緊急コンニャロ対談」を短期連載させてもらった。シーナさんの新雑誌への思いが分かりやすい。また、インタビュー最終回には目黒考二（めぐろこうじ）さんにも話を伺った。こちらは長年シーナさんと行動を共にしてきた盟友の雑感。少し長くなるが、抜粋、再構成して紹介する。

（緊急コンニャロ対談第三回「いやはや旅、そして雑魚釣り隊」より）

ニシザワ「飲んだビールが5万本！」の構成として、野田知佑さんや沢野ひとしさん、中村征夫さんなど、みなさんご存知の「いやはや隊」の方々の原稿、それに加えていまの「雑魚釣り隊」の若い面々にも参画をしてもらいました。新旧取り混ぜというのは実ははじめての試みになるわけです。

シーナ そうだな。仲間なので口幅ったいけど、竹田聡一郎の原稿を最初に読んだ時に、おれは編集者の感覚で「あー、こいつは将来、書けるヤツだな」と直感的に思ったね。

ニシザワ おー、そうですか？

シーナ うん、文章や視点にセンスがあるんだよ。それで今回、竹田もそうだし、ほかの「雑魚釣り隊」のメンバーの原稿も実はものすごく楽しみにしてるんだ。竹田はすでにひとつの〝鉱脈〟なわけだけども、そのほかにも新しい才能を発掘できるかも知れないというね、そのワクワク感は大きいな。無名の「雑魚釣り隊」の連中のいろんな可能性、要素を考えて大きな実験ができるっていうね、今回の試みは意味のあることだと思う。

ニシザワ　若手の売り出しは、編集者としての醍醐味ですね。

シーナ　それでおいおい、そいつらの原稿が、よその出版社の目に触れてさ、オファーが舞い込んで……そうなれば、いずれ第二の群ようこや中場利一みたいなのも育つ可能性はあるよな。

目黒考二さんは、創刊号の感想として次のように語ってくれている（緊急コンニャロ対談最終回「またシーナさんがおっぱじめましたが……」より）。

ニシザワ　今回は、「本の雑誌」をシーナさんと一緒に立ち上げた目黒さんが、この「飲んだビールが5万本！」をどう捉えるか、とても知りたくてお時間をいただきました。

目黒　シーナは克美荘からはじまって、怪しい探険隊、本の雑誌、ホネ・フィルム、浮き球▲ベースボール、それにいまの雑魚釣り隊か……、いつの時代もその時々の仲間と何か楽しいことをやるのが本当に好きな男だよね。それが今回は、あなたたちとつくるこの「とつげき！シーナワールド!!」なんだろうけど、さらにひとつ言えるのは、シーナはやっぱり雑誌が好きなんだなあ、ということだね。

ニシザワ　いま、お手元に見本刷りがある訳ですけど、内容についてはどうですか？
目黒　はっきり言っちゃっていいの？
ニシザワ　え？……なんか相当マズイ感じですか？
目黒　いや、マズくはない。まず、一番面白かったベスト2。これはね、齋藤海仁のエッセイと、天野哲也のマンガ盛りの話。これが図抜けて面白かった。問題はなぜこの2本が面白かったかっていうことなんだけど、酒の特集で酒の話でないことが新鮮だったということもあるけども、それだけではなくて、例えばこの2本の次に面白かったのは、近藤加津哉と竹田聡一郎の旅モノ、次いで河内マキエイのアラスカ話。つまりさ、すべて雑誌後半部分の「雑魚釣り隊」の人たちの記事なんだよ。俺がこの人たちを知らないだけなのかも知れないんだけど、はじめて触れたこの連中の文章がとても新鮮だった、ということだと思う。
ニシザワ　それは本人たち、涙流して喜びます。
目黒　30年前、「本の雑誌」の営業で京都に行ったんだよ。その時に京都の書店で同人誌を手に取ったんだけどさ、これがオモシロかった。京都市内をラッタッタで6つの大学が駅伝的に競争する、ただそれだけの企画なんだけどさ、この無意味な面白さったら無かった。バカバカしいけど、本人たちはいたって真面目というね。無意味な面白さというのはさ、いつの時代でも支持されるものだと思う。この「とつげき！シーナワールド!!」はそれをどんどん追求していって欲しいね。

創刊から三年が過ぎ、「とつげき！シーナワールド!!」はスポンサーにも恵まれ、毎回特集のテーマを変え、目黒さん言うところの「無意味な面白さ」を徹底追究しつつ、順調に号を重ねてきた。

第二号　無人島はつらいよ（二〇一四年九月）
第三号　怪しいの大好き！（二〇一五年四月）
第四号　旅ゆけばヒトモノケモノバケモノと会う（二〇一五年十月）
第五号　肉にガブリつく！（二〇一六年七月）

バックナンバーも販売しているので、ぜひ「旅する文学館」ホームページを訪れてみて欲しい。www.shiina-tabi-bungakukan.com/

そして第六号の校了を一週間後に控えた昨年十二月のある日、編集部に顔を出したシーナさんが「あのよぉ、『とつげき！シーナワールド!!』の名前を変えたいんだよな」

と言い出した。聞けば、「新聞や雑誌のインタビュー、各地講演などで大々的にこの雑誌をPRしたいのだが、自分の名前がついているので、どうにもこっ恥ずかしい」と言うのだ。まあ確かにその通りなのだが、よくぞここまで三年間も我慢しなすった。とは言え校了まで一週間しかない。通常であればスケジュール的に完全にアウトなタイミングだが、こういう時に気心知れたメンバーでの編集作業はスピード感があっていい。翌々日にはアイディア持ち寄りのネーミング会議を行い、その場で新雑誌名を「ずんがずんが」に決定して再出発することになった。「ずんがずんが」とは、シーナ用語と言ってもいいオノマトペだ。ガシガシ大股で歩きながら、あれやこれやを考えて行こうぜ、そんな思いが込められている。

新装「ずんがずんが」VOL1の特集は、「こんなものいらない！」にした。巻頭に「いらない」をテーマにした高橋源一郎さんの短編小説からはじまり、群ようこさん、泉麻人さん、平松洋子さん、茂木健一郎さんら錚々たる顔ぶれの「こんなものいらない！」、そして四十七都道府県出身者や世界各地の人々にインタビューした「こんなものいらない！」は、手前味噌だがスケール感のある仕上がりだ。もちろん、目黒さん注目の雑魚釣り隊の面々も活躍している。

「だいたい俺の遊びは十年周期。派手に回りを巻き込んでデッカイ祭りが十年続き、やがて飽きる」と、笑うシーナさんなので、この「ずんがずんが」もあと五年くらいは続くのだろう。また、シーナさんは〝遊び〟と言ってくれるが（実際、「なんでビールを飲みながら作業をしないんだ！」と編集部員は理不尽に怒られたりする）、とは言えリスクを背負った雑誌発行である。気持ちとしては真剣勝負の場が続く。

さて、「ずんがずんが」今後の特集はどうしていこうか。本書では「胃カメラ飲みつつ考えた」にある、シーナさんの女性への視点が強烈に印象に残った。僕らは普段、男だけで遊んでいるし、話題と言えば飲む打つ釣るばかり。シーナさんの女性観など聞いたこともなかったからだ。

〝俺たちが思うカッコいい女たち〟

そんな特集はどうだろうか。

（にしざわ・とおる　雑魚釣り隊若頭／「自遊人」副編集長）

初出誌『サンデー毎日』二〇一二年一二月三〇日号～二〇一三年八月一一日号

本書は、二〇一三年九月、毎日新聞社より刊行されました。

集英社文庫

ソーメンと世界遺産(せかいいさん) ナマコのからえばり

2017年2月25日 第1刷　　定価はカバーに表示してあります。

著　者　椎名(しいな)　誠(まこと)

発行者　村田登志江

発行所　株式会社 集英社

東京都千代田区一ツ橋2-5-10　〒101-8050

電話　【編集部】03-3230-6095

【読者係】03-3230-6080

【販売部】03-3230-6393（書店専用）

印　刷　株式会社 廣済堂

製　本　株式会社 廣済堂

フォーマットデザイン　アリヤマデザインストア　　マークデザイン　居山浩二

ISBN978-4-08-745545-8 C0195